风云系列

口红与橡皮

風のように・返事のない電話

〔日〕渡边淳一 著

时卫国 译

青岛出版社
QINGDAO PUBLISHING HOUSE

译者前言

本作品集是渡边先生于一九九三年七月至一九九四年十月在《现代周刊》连载过的随笔集。其时间跨度虽不大,却题材广泛,内涵丰富,情趣盎然,独具匠心。作者对于生活中遭遇的变故,不作回避,我行我素,无所忌惮,直抒胸臆;对于国际时事或社会问题,熟虑深思,高屋建瓴,大气磅礴,不拘一格。既有厚重严肃的话题,又有婉转轻松的叙述,诙谐幽默而又不失庄重,展露着作者与时代潮流同步发展的思想轨迹。

本作品集呈现着作者对人生与社会的高度关注,从作家独特的视角出发,依据自己的观察与体验,对人口问题、刑事案件、社会现象、医疗现状、生活趣闻、历史体验、地理风俗、文化景观以及日常琐事均有涉猎,娓娓道来,不厌其烦,纵横开合,鞭辟入里,以质朴的语言风格和清醒的现实精神,进行合理的思考和正确的导向,较好地诠释了日本社会的思想意识和文化特质,保持着作者一贯的批判精神和严谨的思维方式,集知识性、趣味性和思辨性于一体,将读者带入芸芸众生的大千世界。

作者首先对日本少子化的社会问题进行展望：上世纪九十年代，日本社会出现少子化倾向，人口出生率创历史新低。造成这种现象的深层次原因，是少生优育思想已经普及，打胎变得越来越容易，女性开始参与社会活动，社会环境越来越不利于生育以及老年人不再依靠孩子等等。少子化现象令学校首当其冲，并使儿童出版行业、游戏机生产厂家及幼儿用品商店面临严峻考验，而最受重创的当属妇产科医院。作者认为过去日本人口过多才导致向国外扩张，形成罪恶的侵略历史，理想的全国人口应减少至七八千万。所谓人口减少而国力随之衰微的想法，无疑是战前陈旧的国家主义思想。

作者指出日本是个讲究礼仪的国家，人人有鞠躬行礼的习惯，尤为突出的是皇室，天皇和皇后等皇室成员外出视察或参加仪式时，会向欢迎的人们频频行礼，或挥手致意，或俯首鞠躬，并一直面带笑容。迎接的人群各扫他们一眼，他们却要坚持一整天，劳累辛苦，以致向人群挥动的手越来越无力，最后只在胸前小幅摆动。对皇室来说，鞠躬是一项繁重的工作。作者体恤其劳累，认为在日本鞠躬频次最高的非皇室成员莫属。

对于岁月流逝之快，作者感触良深：从二十七八岁时，开始感觉到岁月流逝之快；三十多岁时，安家立户，生活的方向确定，岁月的变化又相对缓慢；四十五六岁时，再次感到岁月飞逝，衰老会不期而至；进入五旬以后，过一年就像过一月。作者形象地比喻说：二十来岁是涓涓细流，三十来岁算积流成河，四十来岁水流湍急，五十来岁汇为激流,六十来岁俨然像瀑布……作者主张:要阻止岁月的流逝,就要让未来变得快乐。把一年当一年看,就会觉得快,把一年当一月看,就不觉得多快。需要转变观念,端正人生态度。

男性和女性在各个方面都存在差异,确认这种差异并不是歧视,而是男性和女性在真正意义上相互理解的出发点。如表现在体育项目方面,女子适合表演体操、花样滑冰等项目,却不适合铅球、跳远、标枪、马拉松、棒球等,也不适合柔道、职业摔跤或相扑之类。作者明确指出,像柔道这样弄乱衣服,互相敌视,猛施拳脚重创对方的行为,没法凸现女人的魅力。同样男性也有不适合的体育项目,如花样滑冰或艺术体操等,怎么表演也不像个样,令人感到悲哀。作者指出:无论时代怎样变化,人们的思想如何变化,男人和女人还是不相同的,男女有别。

赏樱的话题时常呈现于作品之中,作者认为东京也有赏花的名胜,但位于喧嚣的楼宇大厦之间,褪色发白的民房墙壁成为其背景,缺少自然的基调与衬托。在人群中赏花和在无人之处赏花,情趣大相径庭。京都的樱花背景秀逸,市内有庭院樱,郊外有自然樱,开花时期各不相同,不用担心赶不上花期。有的寺院用照明烘托樱花形象,照明首先是完全熄灭,让光线变得黑暗;继而渐强或渐弱,时而柔弱,时而强烈;樱花会时而浮现,时而消逝,时而虚幻,时而妖冶,扑朔迷离,变幻莫测。似乎也预示着人的一生充满变化:荣枯盛衰,生者必灭!

作者赞美日本春夏之交是花的海洋,樱花是美丽的,但花期短暂,娇贵至极,经不住风吹和雨打。就樱花而言,凋落虽令人悲哀,却不感到那么寂寞,因为樱花凋谢后,各种新绿纷纷呈现,百花齐放,五彩缤纷。浓郁而旺盛的翠绿覆盖山野,令人感受到季节变迁。而棣棠、杜鹃、蔷薇、石楠和牡丹则竞相绽放,争奇斗艳。原野、群山、城市充满活力,艳阳高照,春光明媚,生机勃勃。根据日本历书记载,四月底属晚春,五月初则属初夏,从五月进入夏天后,翠绿和鲜花天真烂漫,令人心旷神怡,意欲挽留春天。晚春和初夏是日本列岛的美好时光,是人们外出行乐的理想季节。

八月十五日是日本战败纪念日,日本媒体会集中报道日本战败前后的情况。作者指出很多人变换说法,把战败日称为终战纪念日。无论战后怎样地延续了和平,生活多么富裕,都不应该忘记战败时的痛苦,把历史真相正确地传给下一代,是战争亲历者的责任和义务。作者认为在讲述战争体验的人们当中,最具悲剧色彩的当属从军慰安妇,在日本帝国主义的铁蹄下,她们成为日本侵略战争的牺牲品,经受过无以言表的悲惨体验。从军慰安妇是日军任意摧残和蹂躏的对象,应该向每一位受害女性直接支付赔偿作为对其补偿,而像日本政府所提议的那样设立亚洲交流中心是无的放矢,对她们毫无意义。

新时期东京都内的百货商店呈现出一种奇观:大百货商店上午一开门,就有六七十岁的男性蜂拥而至。这些曾经的企业战士从早晨就无处可去,不知该如何消磨时间。如待在家中,既不会做饭,也不懂料理家务,又怕太太嫌弃,便去百货商店闲荡。他们保留着常年去公司上班的习惯,或者是让左邻右舍看着自己在工作,必须要从早晨出门。作者认为他们应当去体育馆锻炼,或通过读书、下棋消遣。而与此相反,现在的老太太们则去医院扎堆,不常来医院者说明其身体堪虞,常来医院者则证明其健康无恙。这些现象的交叠呈现折射出日本社会严峻的老龄化问题,不得不令人深思。

作者每当回到北海道时,首先会给妈妈打电话,妈妈也追问他何时回家以及带几个人来家,以便备饭招待。作者起先嫌妈妈麻烦,妈妈去世后,却十分怀念。父亲早逝后,作者才真实地感受到父亲的重要,但悔之晚矣,便化歉疚为孝心,格外地善待妈妈,而妈妈的长寿给了他尽孝的机会。作者认为人能为父母尽孝是令人惬意的,却并非所有人都能做到,能够做到则属幸运。妈妈去世对作者影响很大,令作者每每回忆起与妈妈生活的点点滴滴。作者有时会在梦中梦见妈妈,醒来便拨打老家电话……而话筒里只反馈拨叫声,无人应答,令其深深地缅怀,久久不能平静……

本作品集既体现着作者的现实主义精神,又洋溢着历史主义情怀,既有对社会整体的宏观分析,又有对性别个体的微观探索,既有对自然环境的深入描述,又有对日常生活的微细观察,更有对母子情深的缠绵叙述,林林总总,气象万千,卓尔不群,独具慧眼。作者每每以"微不足道"的现象或"不值一提"的琐事作为切入点,谈古论今,见微知著,高屋建瓴。对公共事业仗义执言,对亲情友情深度体恤,对体育赛事直抒己见,对自然景物褒贬臧否,对官僚行径则痛心疾首。

本作品集是作者系列随笔集之一,构思独特,立意新颖,挺拔秀逸,自成体系。其文笔质朴,格调淡雅,表述自然,举重若轻,展露着作者的率性和随意,呈现出"嬉笑怒骂,皆成文章"的行文特点。作者以恢宏的气魄、饱满的激情、坚定的信念和自然的笔触,对人生和社会进行纵深剖析,比勘剔抉,游刃有余,气势奔放,一泻千里,深邃地折射出作者对日本现实社会和文化现象的缜密思考及审美意识,较好地提供了一个观察日本社会的窗口,是一部了解日本现实社会和日本文化特点的知识性读物,能带给读者诸多的人生启示。

本作品集于一九九五年八月由日本讲谈社出版发行。本译本取自讲谈社一九九七年十月十五日出版的《无人接听的电话》第一次印刷本。

时卫国于二〇一九年初冬

目 录

译者前言 / 1

为何要鱼脊朝上呢? / 001

随行的"螳螂夫人" / 005

念经服务 / 010

消极主义 / 014

在牙科所的思考 / 019

鞠躬,再鞠躬 / 024

鸥鸻与蝌蚪 / 029

中年人的爱情观 / 034

公园旅馆的回忆 / 039

被压埋的手稿 / 044

凭什么叫新春呢? / 049

妈妈患病之后 / 054

花样滑冰本应属于女人 / 058

辛德勒这个人 / 063

友人之死 / 068

未能成真的名酒"一片雪" / 072

外行论经济 / 076

胜利了，然后呢？／080

不一样的"阿部定事件"／083

碎尸案与厨余垃圾／088

各花有各期／092

明暗之间的京都樱花／097

京都访源氏／101

作为"新手"的基因疗法／106

母亲之死／110

母亲死后／115

因果的循环／119

不写红宝石，而写绿宝石／124

"现代"酒馆／128

募捐演唱会随想／132

体验的传承／136

抓住九月的机会／140

橡胶的触感／144

为何最怕法国餐呢？／148

口红与橡皮／153

空空如也的风景／157

北方的波斯菊／162

疑问的肯定／167

偶尔也要"装傻充愣"／171

便宜餐馆之所见 / 176

对"富裕指数"的疑问 / 180

开店涌入的客人 / 185

秋色各异 / 189

无人接听的电话 / 194

后记 / 199

为何要鱼脊朝上呢?

我从以前就很介意一些无聊的事。

比如日餐店里上鱼时,为何要让黑色的鱼脊背朝上呢?

为何不让白嫩而好看的鱼腹朝上端出来呢?

可能是因为有名气的大饭店都这样做,所以所有的小饭馆都效仿照搬,都把鱼脊朝上盛进盘子。

我不赞成把鱼脊朝上往桌上端,首要理由就是,让人看着不干净。

日本菜是重视外观的菜,人们常说在"用眼睛吃",饭店为何要把烧得发黑且能看到鱼鳞形状的脊背朝上盛到盘子里呢?

这样一来,想先吃鱼腹的时候,因为鱼脊在上面,就难以吃到。

前几天,我们几个人在某高级饭庄会餐,有人试图先吃鱼腹,结果伸下筷子,把完整的鱼身弄碎了,不禁让人感到困惑。

"要是把那鱼身翻过来,再慢慢夹着吃就比较好。"

我很想这样说,但怕说不好会失礼,就没吱声。

当然鱼脊周围是好吃的地方,有不少人喜欢吃鱼脊,不过最好不把鱼脊朝上端出来。

这把背部朝上盛盘里的手法最近也波及于其它蔬果,前几天去一家店,煮南瓜就是一块皮朝上端出来的。这要是几片当中有一两片皮朝下的话,倒还有趣味,全都把皮朝上盛在盘子里端出来,就显得不干净,也不好吃。

然而,好像大多数人不会对菜表示不满,无论菜肴怎么样,都不声不响地闷头吃,好像认为很整洁的店里的厨师上菜,不会有差错。其实即使是一流饭店的厨师,他们也有些不懂的事儿。

并不是故意做试验,前几天我问了银座一流饭店的厨师,为何要把鱼脊朝上端出来时,这位二十五六岁的年轻厨师先是歪着头想了想,接着反问我:"不合适吗?"继而小声嘟哝道,"大家都是这样做啊……"

他好像是以前辈的习惯做法为据,自己才这样做。

一位三十五六岁的厨师接话说:"这样鱼身不会弄碎。"

"我想,不把鱼脊朝上也不会弄碎。"我反驳道。他沉思了片刻,接着自我解围说:"这样可以保持温度。"

"无论鱼脊朝上朝下,温度都没有变化吧。"

我这么一说,他可能觉得我是个挑剔的客人,就默默地离去了。

这样,我就把厨师长请出来,问同样的问题。厨师长到底是厨师长,他一边露出略微困惑的表情,一边回答:

"那可能是因为把鱼脊朝上,容易看出鱼的种类。"

回答也许是正确的。但是我希望厨师长再说得自信一点儿。

日餐把鱼脊朝上盛到盘子上,是为了让客人了解鱼的种类。

完整的一条鱼端上桌来,就没必要这样做。只要从头看到尾巴,马上就知道是什么鱼。

然而,在高级饭庄做鱼,一般是上鱼块,把鱼脊朝上端出来,就能让客人很快看出鱼的种类。现在从简单菜看到车站里的盒饭,鱼脊朝上就是因为这个道理。

其实,现在这种摆法已没多大意义。

为什么呢?因为现在的人们点鱼吃,如果只是看到鱼块的脊部,已经难以知道是什么鱼了。

当然,与过去不同的是,社会上已没有点的鱼和上的鱼不一样来搞鬼的店。

再说,客人看着菜单点菜,从一开始就知道鱼的种类,用不着再看鱼脊确认。即使是日本式精致菜肴,每一道菜也有食谱,再说送菜的女招待员会报菜名,说得很清楚。

总之,不看鱼脊也可知道是什么鱼,用不着客人再靠自己的经验和识别力去确认。因此,仍然把鱼脊朝上放只是沿袭过去的做法,没大有意义。

从这一方面来看,不要把不干净而难吃的脊部朝上,而是应该把看着美观而且容易吃的鱼腹朝上。

其实,晒干的竹荚鱼一般是把鱼腹朝上盛到盘子里。这玩意儿如果脊朝上端出来,就会使人失去食欲。用酒糟腌的鲈鱼和用京都黄酱腌的方头鱼往往也是鱼腹朝上端出来。这样看来,像酒糟腌鱼或黄酱腌鱼那样多少带点颜色的时候,就是把鱼脊露出来也不好分辨,所以才把鱼腹朝上。

用这个办法,干烤鳗鱼或烤鳗鱼串都可以鱼脊朝上。然而,上鳗鱼还是鱼腹朝上。尤其是在鳗鱼店里,这可能是说鳗鱼店专卖鳗鱼,不会错。

总之,现在各类饭店都不用特意把鱼块脊部朝上端出来,并连珠炮似的斥责说:"毫无疑问,就是这种鱼!"

与其囿于落后于时代的摆放样式,不如把新鲜而好看的鱼腹痛快地朝上端出来,盛到盘子上。

不,自己真正想表达的意思是,最近的日本菜过于讲究莫名其妙的形式,而忘记了内涵。

随行的"螳螂夫人"

前些天的一个周日,我来了一次久违的开车出行。

先是从位于世田谷的家去驹泽公园,在那里与带着西伯利亚雪橇犬的朋友会合,再前往位于涩谷的办公室。

行车途中,我突然发现左侧的反照镜边缘貌似有个狭长绿叶状的东西。

之前停车的公园周围有很高的树篱,因此我简单地认为是沾上了那儿的一片树叶。

不用理会,反正不妨碍行车,于是就继续行驶,在前进了一公里时,信号灯变成了红色,停下车来想借机把树叶拿掉,便打开了车窗。

因为树叶居于驾驶席相反一侧,便探出上半身去拿,刚要伸手去拿,哎呀,这竟是一只活着的大螳螂。

螳螂体长有七八厘米,翅膀的一部分是淡茶色。

后来才从书上查到,这就是所谓的大镰刀螂:头呈反三角形,两端有复眼,有粗壮而结实的前肢和细长的四条后肢,前肢的前端有呈锯齿状的镰刀。

这个大家伙是怎么爬上车的反照镜的呢?

据推测,它原先停留在那树篱的枝叶头上,无意中想玩就跳到旁边光滑的东西上来了。它也许运气不好,还没爬下反照镜来,汽车就开动起来走了。

不管怎样上的车,这玩意儿该怎么处理呢?

因为它待在反照镜边缘,不妨碍临时行车,但也不能老这么放着不管。最简单的处理办法是关上电动镜,如果这样做,螳螂就会被挤死或者掉到路面上被车压死。

这是行驶在从濑田①去涩谷的所谓"246国道"上,是车流量大而频的地方。

不能这样眼睁睁地把它赶到必死无疑的路上去。

这可能是自己善良的一方面!我边开车边这样抚慰着自己。

我没法直接问螳螂怎么办,此刻它一定害怕极了:

秋日的下午,在亮闪闪的反照镜旁悠然地闲逛,不料车却突然开动起来,并以从未经历过的四五十公里的时速向前奔跑,周围不断地有车呼啸着擦肩而过。

它不得不紧紧用前肢抓牢镜子边缘,防止被颠落。

"坚持吧……"

---

①地名,位于东京都世田谷区。

我不由自主地在座席上喊出声来,并牢牢抓紧方向盘。

假如我在当时停下车,抓住螳螂放进周围的树丛里去,也不敢保证它能得救。这么大的螳螂,还是要放到更加宽敞且有众多杂草的绿地上,才方便它活下去。

我尽量平稳行车,突然想起办公室所在公寓的角上有一院落,足有二十坪①大,中央开着四季应时的鲜花,周围被高高的树丛和绿草保护着。

"紧紧抓住吧,坚持到那儿!"

我对螳螂默念着,又恐它坚持不住。

可能因为害怕而寻求快速逃跑吧,它脑袋朝着下方,长长的触角剧烈地左右活动,前肢悬空着挥舞,只用后肢抓着反照镜边缘。

"喂!那样危险!"

就是喊叫,它也听不到,我便慢慢地减速。

于是后面的车按响了喇叭,似乎是在说:你在前面磨磨蹭蹭干什么!

"请谅解!镜子边缘的螳螂快要掉下来了。"

我即使这么喊,后面的司机也听不到。

不一会儿,前方的信号灯变为红色,车慢慢停了下来,驶入左侧车道的司机频频扭头往这边看。

我担心他看到螳螂,会奋力探出身子伸手来抓。正思考着,信号

---

①日本传统面积单位,1平方米=0.3025坪。

灯变为绿色,车又缓缓起步了。

这下总算放心了,被关怀的螳螂依然悬空着前肢在摇晃。

"时间久了会头晕的!"

我想要这么说时,螳螂身子转了个一百八十度,改成了头朝上。

似乎小小的螳螂也明白头朝下危险大。

看样没问题!我欣慰地松了一口气。螳螂改变体位后仍用后肢抓着反照镜,前肢向斜上方探伸并舞动。

看来这家伙非常喜欢冒险。

这家伙又好像是螳螂之中的暴走族,它不停地用触角和前臂探测周围,但没有振翅欲飞的迹象,似乎知道现在飞走很危险。

尽管做过好几次危险动作,但它绝不离开反照镜。

于是,我有点放心了,便提高了车速。下246国道后,经由山手大街,拐进了NHK①公寓附近的停车场。

行车三十多分钟,螳螂虽然摇晃不停,却坚持得很好。

我从车上下来,展开手帕用包抄方式把螳螂抓起来。它只是轻轻地活动了一下前肢,老老实实地待在手帕里。

身体受限的时间不会长,也许螳螂理解人的好意。

就这样,我按照预想走入停车场前面不远处的二十坪左右的院子,把它放进院中的草丛里。螳螂获得自由后,向前爬出不远,突然转回身子,朝我轻轻地点点头,似乎是说"谢谢",然后便消失在草丛

---

①日本国家广播电视公司。

之中。

说来不是多么有趣。让一只螳螂弄得劳心费神,甚至有点累,但总觉得做了件好事。

尽管不是人们提倡的一天做一件好事,但做的不是坏事。

之后跟某个女性说起这事儿,对方马上抚慰道:

"你对螳螂好,螳螂夫人早晚会来感谢你的!"

不用说仙鹤报恩,仅想一下螳螂夫人前来报恩,就有点害怕。

念经服务

根据最近的统计,日本家庭生育率(正确地说是合计特殊出生率)下降到1.5人,是历史的最低纪录。

这是一个女性一生所生育孩子的数量,男性可以帮忙却不能生产,如果家庭生育率达不到2.0人,将来的人口数量会减少。这又表示如果男女婴儿均为1.5人的出生率,在不远的将来,人口将比现在减少百分之二十五。

如果把它之称为"少子化现象",不如叫做"少生优育倾向"更显得自然和易于理解。

究其原因,好像有很多,诸如计划生育的普及和打胎的容易、少生优育思想的蔓延、女性参与社会活动的增多、养育孩子的艰难以及养老的社会化等等。

厚生省[①]对这一社会倾向非常忧虑,认为长此以往,日本的整体国

---

① 日本"厚生劳动省"的省略,相当于中国的"劳动和社会保障部""卫生部"。)

力会衰微。

确实,这样下去,孩子的数量会减少,而老年人口会增加,总人口在递减,按现有的人口算,二四十年后,总量会减少两三成。

但人口减少并不应令人悲观。

现在日本的人口大致为一亿两千多万,按减少两三成计算,几十年后不到一亿,从日本国土之狭小来考虑,也许这才是恰当的人口数量。

不,我认为再减少一点更好,以七八千万为最佳。

日本人口与国土相比,可谓人满为患,不得已才向外国扩张,造成了很大的历史悲剧。如果人口仅七八千万,就用不着那样贪婪地去扩张,也不至于形成现在这样人口密度过大、人际异常竞争的社会环境。

暂且不站在国家层面说事,每个国民都拥有本能的控制机能,觉得孩子多了不好就不会再生,觉得孩子太少就自然再生。

所谓的人口减少会致国力衰微,是战前陈旧的国家主义思想。

近年来孩子数量减少,为此感到困难的,与其说是国家,莫如说是学校。

在学校当中,初中比高中、小学比中学、幼儿园比小学困难更多。部分名校暂且不说,不太有名的私立学校今后面临的招生形势会很严峻。

从目前来看,幼儿园之间以及小学之间正在进行激烈的服务竞赛。

对于人口过密的时代来讲,这是相当令人开心的事情。

原先要先对父母进行面试、并要求"父母必须一起来"的牛气十足的小学,当下开始央求家长:"请到我们这儿来!"按理说这不正是令人开心的事情吗?

孩子数量过少,小学或中学都不好维系。当然辅导班也不好办。

一旦学校相对过剩,孩子升学变得容易,辅导班也就不那么需要了。

再说学生数量减少,学校的老师也会相对过剩。

另一方面,学习参考书或教学有关的图书也就卖不动了,出这类东西的出版社也会不景气。不仅如此,连卖儿童漫画杂志或电视游戏机之类东西的店铺,以及卖尿布或奶瓶等幼儿商品的店铺也会陷于困顿。

还不仅限于此。

近来感到困难的还有小儿科医生。

因为儿童数量减少,儿童患者自然会随之减少,加上卫生环境改善,营养食品充裕,孩子不易得病,所以对儿科大夫冲击很大。

"喂,没有儿童病人咋办?"有的医院会对小儿科失去信心,将其归并于内科之中。

说医院的事儿,便不禁想起了妇产科医院,因女性不再生孩子而最先感到困难的应是他们。这里是孩子下生的落脚点,在小儿科、幼儿园和小学之前,首先是这里遭到重创。

然而实际上,有大批妇产科医生为婴儿降生数量减少而叫苦连天。

无论他们多么敬业,如果怀孕和分娩的女性稀少,他们都无能为力。

既然如此,医院连流产工作也变得十分谨慎了。由于艾滋病的泛滥,也很少有女性来流产。

医院会为此陷于进退两难的境地:如果人们不生病或少生病,患者就会稀缺,不仅赚不到钱,自己的经营也难以为继。

可能是这个缘故,据说医院最近对堕胎的患者态度相当和气,照顾的也很周到,好像有的医院还给念经。

当然是给打掉的死胎念经超度,据说医院会在某一角落上设置一个小小的祭坛,做流产手术的大夫会到那儿为孩子念经。

念经时间约有十五六分钟,堕胎的女性心里会舒服不少。

医院是哗众取宠呢,还是为安抚和体贴堕胎的女性呢?不管怎样,能为这些没有降临到这个世上的孩子祈祷,不是件坏事。

这也是因为孩子太少的缘故。

这不是"大风刮,桶匠发[1]",而是"孩子越来越少,妇产医生的经越念越好"。

---

[1] 日本谚语,大风会刮起沙尘,沙尘迷眼会致盲,日本盲人经常会演奏"三味线"这种乐器,"三味线"琴身用猫皮制成,从而导致猫被大量捕杀,老鼠数量便相应增多,有更多的木桶容易被老鼠咬坏,桶匠的生意便好起来,这个谚语讲得是"蝴蝶效应"。

消极主义

前几天的一个傍晚,电视台往我这儿打过几次电话。

说是在大阪的千里救生救急中心,有个被判定为脑死亡的患者将要捐献肝脏用于器官移植。

说得详细一点,捐献者是个因哮喘发作而出现脑死亡的五十三岁男性,家属赞成并积极落实相关保护措施。可能会将肝脏移植给正在九大医院①住院的一个肝硬化患者。

电视台的意思是,如果手术在今晚或明晨开始,希望我赶在手术前做一档节目,内容是谈一下对这次肝脏移植的意见和建议。

对方提出这种要求,自己很难应允。明天要参加某出版社的高尔夫球比赛会,还有两篇稿子今晚必须要写。

说是让我预先发表一下意见,实际的手术过程我并不清楚,瞎说也不好。假如手术和我之前在书上写的或在其他地方说的一样,就用

---

①即日本著名国立大学"九州大学附属医院"的省略。

不着再重新发表意见。

我一这样说,对方便说:拜托!请明天务必光临!自己兴趣极高的高尔夫刚刚玩了一半,就要舍弃。而且还要从千叶①赶过去,可不得了。

我说不用着急,等有了结果再作评判。对方坚持要我去,说是想要制作个特别节目。

应该称赞新闻记者的这种先知先觉精神,但并非什么都是越早越好。

"不管怎样,请沉着对待!虽说家属同意提供肝脏,但器官移植这种手术并不是简单易行的事。"

我这么说着,拒绝了次日的电视出镜。果如所料,供肝者在移植手术前死亡,成为心跳停止后的器官摘除者,日本的这次脑死亡移植手术又以幻想而告终了。

真是雷声大雨点小,有头无尾。

为什么这次又是事先流传众多信息,惹得新闻记者兴高采烈,最后手术没做成,落了个空欢喜呢?

好容易碰到脑死亡的病人,家属也同意提供肝脏,医师又乐于做手术,最后却没能做成。其最重要的原因是因为该救生中心所在的大阪府再三要求中止移植手术。

---

①地名,位于关东地区东南部。

理由是:"关于脑死亡患者的器官移植,还没形成法律,尚处于研讨阶段,希望暂时不要做!"

要求归要求,不是不能做,但政府三番五次地阻止,救生救急中心硬要自行其是,不知过后会遭到怎样的报复。在这样担心而犹豫的过程中,脑死亡患者的病情恶化,不治身亡了。

那么,大阪府为何反对呢?

据实推测,一般是这种理由:在日本做法律上尚未正式承认的事,过后会被中央机关吹毛求疵地指责,惹来麻烦。故而一切麻烦事都不想介入,但求平安无事的消极主义畅行无阻。正是基于他们的这种想法,导致丧失了难得的机会。

要改变这种停滞不前的状态应该怎么办呢?

改变的方法倒也简单,就是及早在国会对关于脑死亡移植的方案进行立法。

"我国承认脑死亡,应该积极进行移植手术"这一报告在脑死亡临调[①]提出后,已经过去近两年了。

在这样长的时间里,法制化应该足够了。

虽然在之前的国会上讨论过,这项法案却迟迟不能出台,现阶段仍没有被立法的迹象。

为什么呢……

其理由也很简单,这样的法案即使做得再好,也不会与当前的

---

①即"临时行政调查会"的简称。

官员选票相联系,如果做不好,反而会被对立者团体吹毛求疵,惹来麻烦。

一般的健康人群对此并不怎么关心(既然健康,便与己无关),也没有什么殷切期望,假装不知也说得过去,更别说有什么行动了。

在这里,但求平安无事的消极主义无所顾忌地四处蔓延。

于是脑死亡者器官移植就没有上升到法律层面,因为没有法律化就不应该做。因为不应该做,就得放弃!这次的肝移植就是在这种框架和推论下被搁置了。

现在,因为脑死亡没得到承认,故而不能进行脑死亡者器官移植的日本在世界上独一无二。

西欧先进国家不用说,菲律宾、泰国、澳大利亚等国正在广泛进行脑死亡者的器官移植。

前年,我曾去美国调查过器官移植的真实情况,在加利福尼亚大学洛杉矶分校医疗中心,看到了每天进行两三例器官移植的现状。在那儿做器官移植跟日本做盲肠(阑尾炎)切除术一样普通,为常规手术之一。

当然,日本有自己相对落后的理由,但现在有点过于落后了。

怎样才能摆脱这种被动局面呢?

方法只有一个,就是执刀医师们要下定决心,克服困难,力排非议,把移植工作做细做好,别无他法。

当然,这样做会受到来自各个方面的中止要求或压力,医生们必须顶住和无视。

就是被人告上法庭,医生也要无所畏惧,从医学高度申明移植手术的必要性和重要性,与无知作斗争。

也许有人会指责,没有法制化就这样做,显得太过鲁莽。对此应据理力争:不这样做,整个国家但求平安无事的消极主义就会更加猖獗。

我想要呼吁;"诚实而有勇气的医生要站出来!"呼吁归呼吁,现在到底有没有敢于站出来的医师呢?

大家都知道,在这个国度里,说事情正在研讨,等于说无限期,不知耗到何时才会见分晓。

当然,这样拖下去,国会议员、监督官署、医院职员、医师谁都不会受到伤害。

然而,在健康者悠闲自在、泰然处之的过程中,若干患者会因得不到器官移植,而抱憾离开这个世界。

如果体恤这些濒死挣扎在病床上的患者的困苦,就不应再这样漫不经心地慢慢研讨了。

在牙科所的思考

俗话说,"牙,眼,屌"。

或者说"牙齿,眼睛,阴茎"。

人们常说：人如果上了年纪,会按照这个顺序呈现出器官衰退。看到最后是阴茎,可能只是针对成年男性而言的吧。

我个人的情况是,眼睛在年轻时有点轻微的近视,老了没有老花眼的困苦,现在还能看清楚词典上的小字,不时地感到有点自豪。

虽然年轻时看远方的景物,感到很费劲,但也许老来就会有某种程度的回报。

说到"牙齿",可就不能逞威风了,下颚右边的槽牙已经没有了,其它的牙也松动得很厉害。

关于第三个"阴茎",这年纪肯定不说自明的有下降趋势,当然也要看对象是谁,所以就不说了。

再说一次牙齿。

最近为了补镶右边的槽牙,同时加固左边的槽牙,便在长年就诊的赤坂①牙科医院做了一个大一点儿的牙桥。因覆盖了部分下牙龈,吃起东西来有点乏味。

然而,同龄人里边有不少满口假牙的人,自己镶了个大一点儿的牙桥,不能算奢侈。

下面我想写一下为了治牙躺在牙科椅子上张着嘴时所考虑的问题。

这次治牙从开始到结束,花了近一个月的时间,这期间,若吃硬东西会很费劲。幸亏我喜欢吃日餐,用牙少。有时吃到发硬的肉,不用说嚼碎,就是咬断或在口中拌和就非常困难。

我一边等待镶嵌新的槽牙,一边庆幸自己不是狮子。

假如自己是狮子,又会怎样呢。

虽说狮子是百兽之王,但在兽类世界里既没有牙科,也没有假牙。

老龄狮子牙齿变钝、变弱,咬合力下降,无法撕破猎物的皮,吃肉也困难。可怜的是,狮子是肉食动物,不能像我一样靠吃日餐来生存。

狮子用牙咬不断肉了,会怎样呢。

由此我想起了自己在内罗毕的热带大草原上看到过的那只奄奄一息的狮子。

那是在酷热的正午,一头大狮子俯卧在岩石裸露的低矮处大口喘息,狮身被灼热的阳光炙烤着。

---

①地名,位于东京都港区。

起初用望远镜看到,后来乘游猎观光车靠近,距离只有十多米远,狮子两眼注视着我们,丝毫没有要逃走的迹象。

狮子的躯体相当大,毛色晦暗,没有光泽,目光有点呆滞,肚子一鼓一鼓地起伏着。

它是怎么啦?

我问带路的人,他说不是被野牛扎了,就是太过衰老了。

"看这样子,明天就会死的。"

在非洲,即使是在动物保护区,都是任其生老病死或弱肉强食,一概不人工干预。

被捕食的动物会成为美餐,病弱的动物会暴尸草原。

作为狮子猎物的羚羊知道这头狮子已经站不起来了,在距离二三十米的地方毫不介意地吃草。在狮子身后,一群鬣狗在等待着狮子死亡,一边耸动着脑袋,一边走来荡去。

狮子一定会感到委屈且无奈。

过去它年轻有力时,要逮住相隔二三十米的羚羊易如反掌。只要一次猛冲,羚羊们就会一齐奔跑,拼命逃窜。

如果比作人类的话,狮子就像J联赛①的球员那样机敏而迅捷。

然而,狮子现在却被羚羊欺负。

"我年轻的时候……"即使它自吹自擂,猛夸当年勇,也无济于事了。

---

①日本职业足球联赛。

四肢和牙齿全部衰微,不仅逮不住猎物,连自身性命都难保了。

热带大草原宽广无垠且一片生机,是因为自然的原生态被如实保留着。

在草原的这一隅,既可远窥母羚羊从两腿之间产下遍身粘液的幼崽,又可近瞧苟延残喘、濒临死亡的狮子。这儿的生与死、青春与衰老、欢喜与悲怆、温柔与残酷自然交织,浑然天成。

换言之,大自然就是如此美妙而残酷。

在漫无边际地回想着热带大草原时,我的槽牙及牙桥都做好了,并很快安装到位。

虽然口中有异物感,但至少可以嚼碎半硬不软的肉。

这样一来,我就不至于遭受狮子那种咬不碎肉而慢慢饿死的悲惨结局。

当然,自己不能与J联赛的球员作比较,身体动作反应慢,食物也能轻易地得到。

即使上了年纪,也不会像狮子那般悲惨。

因为我们是人,有才智,能够受惠于科学与文明。

因为我们所在的社会已经成为了高度进步的福祉社会,即使上了年纪也能自由地生活下去。

在地球上所有的动物当中,只有人才能生活在物质和精神双文明的社会之中。由此也可以证明我们是生活在不完全依赖大自然的现代化环境之中。

正因为人类社会部分脱离弱肉强食的自然法则,才成为宜于人类生存的文明社会,故而软弱的人、上了年纪的人、没有自理能力的人才都能活下去。所谓的福祉就是脱离自然法则,社会关系建立在人性之上,生活环境美满祥和,社会环境稳定安全。我们没有理由不拥护这个东西。

至于将福祉营造到何种程度,也许是你去牙科张着嘴时应该思考的主题。

鞠躬，再鞠躬

俗话常说"趾高气扬"一词。

包括"妄自尊大""傲慢无礼""礼节粗疏"等意思。

我认为反义词应是"低首下心"，但一般不常用。

如果非要说"低"，那就说"低头哈腰"。但这样给人以谄媚的感觉。

要是问我为何突然想起这样的话来，是因为我偶尔从电视上看到了天皇、皇后两陛下正在访问意大利佛罗伦萨的热闹场面。

两陛下好像在参观这座城市中世纪的宫殿和圣马可美术馆，所到之处频频向迎接的人群鞠躬致意或与带路的人郑重地寒暄。

仅从电视上看了几分钟，就发现两陛下给人鞠了无数次躬。

两陛下所到之处，众人热烈欢迎，出于礼貌，两人不能不表示敬意。话虽如此，两人致敬的频度也有点过高。

也许是多管闲事，看到两人频频鞠躬的动作，就觉得实在有点可怜。那么郑重地回敬欢迎者，不觉得累吗？

这不仅限于两陛下,同样也包括皇太子和雅子妃、秋篠宫夫妻等。

皇室的各位成员在其所到之处鞠的躬可谓不计其数。

在日本鞠躬频率这么高的人恐怕再也没有了。

不知是福是祸,我们平民无论去到哪里,都用不着这么鞠躬。

无论是坐火车、乘飞机、参观宫殿、进美术馆,一概不鞠躬。

岂止不鞠躬,有的人还昂首挺胸,端着架子走来走去。因为坐车、乘机或进美术馆,自己都付了钱,没必要鞠躬,反倒是客服向自己鞠躬的情况多。

当然,各位皇室成员鞠躬与钱没有关系。

他们所到之处总有人夹道欢迎或翘首等待,不能忽视这些欢迎者,总要表示点谢意才能说过去。

由此来看,我们不鞠躬是因为没有人恭候或欢迎自己。

到底是哪种情况更让人喜欢呢?这要因人而异,因情而异。

一般受到人群迎接,被迎接者会感觉很享受,但频次太高,就会感觉累,最后会厌倦或烦躁。

我有时去外地参加讲演会,下新干线时,会向迎接的人鞠躬。之后乘汽车到达目的地,再鞠躬,进休息室还要跟东道主寒暄。接下来,登上讲坛开讲前鞠见面躬,讲演结束鞠感谢躬,离开会场时还要鞠辞别躬。

如果和东道主就餐,对主持者鞠躬不用说,从店主到服务员都要鞠躬。

鞠躬这么多是感谢他人的良苦用心和周到服务。之后一个人待着时,会立马感到非常疲劳。

好容易受到盛情的款待,说疲劳是很奢侈的,当独自一个人在新干线的座位上坐下来时,会大松一口气:"总算没人啦……"

像我参加讲演会都这样,皇室的各位成员出席各种会议或去某地旅行,一定会为此感到劳累。

即使乘飞机去,也不能在座位上张着嘴睡大觉。

当然他人不会因此而不满或发牢骚,过后却难免有人说闲话:"殿下张着嘴睡觉了。"

好容易出了飞机场,再乘车去往目的地,人们得知皇室的贵人驾到,会挤在沿途驻足一睹尊容,贵人要不断地向这些人们挥手致意或鞠躬,并报之以微笑。

无论是在发困时,还是身体欠佳时,抑或是发生不快的事情时,都要保持笑容。

这也是相当严酷的劳动。

迎接的人只在贵人经过时看一眼,而贵人却要在这种情况下坚持一整天,所以很累人。

这工作要有相当的体魄和顽强的精神才能够胜任。

可能是因为这个缘故,雅子妃最近好像有些疲倦。

也许皇太子自幼年始已习惯如此,雅子妃则是后来才嫁入皇室,她被迫不断以笑颜致谢宾客与观众,感觉累是很自然的事。

她向迎接的人群挥手时,初始位置在脑袋之上,尔后逐渐下降,胳膊落到胸前,挥手的幅度也越来越小。

好像脸上堆笑,但表情僵硬,似乎身体累得有点吃不消。也可能是我自己多虑吧。

两陛下和皇太子在外国访问时,仰头的时间要长一些,表情也放松一些。

但是回到日本,就要按礼节一个劲儿地鞠躬。提起日本便给人留下不挺拔的印象,也许是日本式行礼要人躬身的缘故吧。

总之,只要看到日本皇室的成员,就觉得他们承担着鞠躬这一繁重的工作。

能不能不再那么频繁地鞠躬呢?

也许这事儿的答案是不能。我要是成为皇室的一员,恐怕一天也胜任不了。

先不说迎来送往,就是一直露着笑脸,对谁都态度和蔼,郑重其事地不停鞠躬,就让人受不了。

这一点不光是我,几乎所有的人都这样,不是轻易能做到的。

前几天,我对一位女士说起这事儿,对方说:"所到之处受到那样热烈的欢迎,鞠躬是必然的。真是羡慕啊!"颇有那种明天就想当替角的口吻。

的确,人无论去到哪里,没有人欢迎是令人寂寞的。可有人欢迎,自己就要暴露在众目睽睽之下,频频致谢也是令人吃不消的。

我这样解嘲,她丝毫没有理解的样子,也许女性天生喜欢在众目睽睽之下风度优雅地与人寒暄。

总之,在日本,鞠躬次数最多的无疑是皇室的诸位。

鸱鸺与蝌蚪

每当突发大事件,比方说杀人事件犯罪嫌疑人被抓捕后,其相熟之人往往会感到诧异:

"不相信他会干这种事儿!"

有人还会讲出一个与凶犯完全不同的善良的形象来,说"那是个认真而勤奋的推销员"或者"人很温和,宠妻爱子,时常看到他和孩子们练投接球"等等,不一而足。

经他们这么一说,觉得可能是马失前蹄。但转念一想,这却是最可怕的。

我们一般与人交往,首先会凭初次见面的印象来判断好恶。

即使事前看过本人的照片、信函或朋友的推荐信,也不会就此放心,而是靠亲自晤面来确认其人品。

如果觉得这个人好像很和蔼、很认真,留下良好印象,才乐于交往。

如果觉得这个人粗鲁、蛮横、面露凶相,有暴力团的作风,那就免于再见,避而远之,就不会发生问题。

然而,印象与实际如果相差太多,事情就变得麻烦。

比如,假如外观不可信,那各家公司录用人的面试就没大有意义。

实际上,面试是相当马虎的,顶多能够据此掌握容貌或身材,隐藏在背后的性格或特点是不能轻易了解到的。

总之,当恶性事件的犯罪嫌疑人被抓到时,经常听到人们惊诧的声音:"看着不像!"很少听到愤怒的指责:"看样就是那家伙干的!"

这一点不仅限于杀人,抢劫、扒窃、诈骗都一样。

要是看着对方像要干坏事,那谁也不会上当。就是看着不像干坏事的人,才会制造超乎寻常的恶果。听起来有些荒唐,因为如此说来,我们终归会上当。

写到这里,我突然想起了女诗人中城富美子女士的和歌。

鸱鸺[①]、蝌蚪、爱情、鲜花

样样俱全才是我的女人啊!

中城女士与寺山修司等人差不多,在战后不久像彗星一般地划过诗坛。她年仅三十一岁就夭亡了,是知名的和歌诗人,我曾在《冬天的焰火》这一小说中描述过她的一生。

[①] 猫头鹰。

她因患乳腺癌年纪轻轻就撒手人寰,但她是个聪明人,提前意识到了死亡的临近,所写的和歌内容多是冷静地审视自己的内心。这首和歌也是其中的一首,她自视身上有形形色色的东西:既有像鲜花、爱情这般美好优雅的东西,又有像鸥鹣、蝌蚪这般稀奇古怪、不伦不类的东西。

人往往只想看到自己身上美好而善良的东西,而中城女士没有这样天真和幼稚。

这首和歌的耐人寻味之处,乃是承认自己身上兼有善和恶两方面的东西,并在此基础上断言自己是矛盾的统一体。

的确,我们的人性具有两面性,既不只有善的东西,也不只有恶的东西。人有时认真、诚实、和善,为他人着想,忘我地奉献自己,有时却自私自利,患得患失,只图自己舒服,甚至损人利己。

肯定这两个方面的存在是某种意义上的人类宣言,假如某人只有好,没有孬,那这个人就是神或者佛。

不知是福是祸,我们因有善恶两个方面,才从佛所在的彼岸被驱赶到烦恼不断的此岸。也因为世上的人都有善恶两个方面,在现实生活中哪方面表现更多,他就归属于哪类人物。

有人说犯罪嫌疑人"他不会干那种事儿",仅是看到了他平时表现好的一面,当他恶的一面显露出来,什么抢劫、强奸、诱拐儿童、杀人越货都干得出来。

如果人们看到了他恶的一面,对他的看法就会截然相反。就一般人来说,只要全面地看问题,评价就会比较客观。

所谓的毁誉褒贬可能就是指这方面的情况吧。

一旦发生大事件,电视台主播们会评论说:"再也不能相信人啦!"然而,我不太喜欢这种说法。

当然,这么评说的心情是可以理解的,但是,如果评说者懂得人身上本来就潜藏着鸥䳒或蝌蚪这样不伦不类的东西,就不会这样简单地下结论。

现实中的很多人,凭着理智和道德意识拼命抑制着自己恶的一面,不让其泛滥成灾。然而抑制归抑制,说不定什么时候洪水猛兽就会袭来。

这种危险性,不局限于本人自身,其家属、朋友或邻居的大叔大婶都可能遭殃。

只要有偶然的机会,它就会很轻易地爆发。

我们身边那些和蔼的大叔或哥哥们,可能就是在五十年前的对外战争中,做出过种种残酷暴行的日军士兵。

如果他们当年不被逼迫介入疯狂的战争,也许不会干出那些坏事。

历史上好多人始终没有暴露出坏的一面,一生只扮演了善良的角色。但这些人身上也潜藏着一些莫名的东西,让人一不小心就会变得疯狂。这是千真万确的事实。

可不能再有那么多杀人事件!偶然发生这种事件,就会重新想起我们心灵深处既有鸥䳒和蝌蚪,也有鲜花和爱情。

有人会慨叹:人是复杂的高级动物,完全不可理解!当然,人要是头脑简单,易于理解,那就好办了。

实际上,人是稀奇古怪而不可思议的,正是因为不容易理解,才会有文学,才会有艺术。

中年人的爱情观

最近,报纸上有个"畅销书"栏目,上面记载着哪本书卖了多少册。

这个栏目能够方便公众,对于想读什么书而不知读什么好的人来说,具有指导意义,首先可以了解时代潮流。

可是,这些畅销书的销量基本上是依据东京或大阪等大都市的大型书店的统计数汇总确定的,也许存在不全面的问题。

不错,东京的大型书店销量大,对时代潮流也敏感,但恐怕也仅此而已,并不能说明全国读者的意向。地方①上的人们也许想要读再稍微普通一点的书,或出自于地方的书。

现实生活中,地方读者的意愿基本上反映不到中央来。

前几天,我在高知②听一朋友慨叹说:很想看一本书,当地书店却没有,便让人订购,结果过了半个月也没到。

---

① 指相对于中央、大城市以外的地方。
② 地名,位于四国地区南部的县。

连高知这样的都市都如此,比它更小城市的读者,想要马上得到的书,基本上是不可能迅速到手的。

这是因为现在书籍的流通和畅销是以大型书店为主,地方上的小书店容易被忽视。实际上,忽视这些小书店,很容易切断与地方文化的联系。

而这进一步孕育着由读书偏好的中央集权化向文化的中央集权化转变的危险。

所谓真正意义上的读书自由,就是自己想要读什么书时,能够自由地得到想读的书。然而,这么简单的事情在日本却意想不到的难以实现。

说到畅销书,好像《廊桥遗梦》这一小说就很畅销。

自己作为常写小说的人,对畅销书还是很在意的。

因此,有个朋友劝我读一下《廊桥遗梦》这本书,不得不说,像我这样的读者很难成为一个好读者。

自己是以创作为生计的人,阅读小说会从创作的立场上予以审视。

在读这本书的过程中,最先介意的是作者是男是女。

因这部作品是翻译作品,作者的名字不易分辨性别,中途猜想这个作者"一定是男的",后经确认,确实是男的。

为何认为是男的呢？理由是登场的人物基本都是男性普遍喜欢的类型。

已经读过这本书的人也许有很多。小说的梗概是：男主人公金凯德，是个摄影师，某一天在拍摄一座廊桥的时候突然出现在了居住在美国爱荷华州的农民妻子弗朗西斯卡面前。其自由、细腻的都市人性格，彰显着与农民丈夫截然不同的魅力。这个已婚女子很快就陷入了爱河。

丈夫偶然因工作出了远门，在他回来之前的四天里，男女主人公互相确认对方是自己情感世界里不可或缺的人。最后的那天晚上，男方劝诱女方和自己一起去自由世界打拼，但女方犹豫不决，认为久而久之会感到无聊，也不能背叛诚实的丈夫并舍弃可爱的孩子，最后打消了随行的念头。

从那以后过了十几年，男方始终没结婚，最后孤独地死去。女方一直思念这个男人，把男方寄来的令人怀念的遗物视若珍宝，终生守护着四天里短暂而激情燃烧的记忆，直至静静地死去。

小说中男女主人公甜蜜而风趣的会话随处可见，颇有纪实小说的风格，但深度上并不是多么足，倒有禾林[①]浪漫小说男性版的感觉。

小说中耐人寻味的是，面对男人强烈地劝诱，深深沉溺爱河的女人竟然没有离开家。

这是明显的男性构思，更接近男人的思维。

人可能有个体差异，但一般情况下，如果是现实中的女人，爱得那么深切，基本上会舍弃丈夫而离开家。一般不会轻易放弃这么喜欢的

---

①美国知名浪漫言情小说出版商。

男人,与不太喜欢的丈夫继续过着无聊的乡下生活。

然而,女主人公考虑来考虑去,最后打消了出走的念头。

这是典型的男人作风,男人经常会产生念想而犹豫不决,最后退缩不前。

打比方说,男人遇到了一个喜欢的女子,当那个女子说想住在一起,希望他从家里出走时,男人会犹豫不决:要抛弃不太爱的妻子,从家里离开吗?结局往往是下不了最后的决心而留下来。

"自己就这么没勇气吗?"男人会同时这样责备自己,并珍惜这段激情而短暂的恋爱记忆,维系着家庭,最后了此一生。

写到这里,您就明白了,这本小说中的女主人公弗朗西斯卡采取了与一般男性相同的行动模式。如果把男女主人公的角色对调,就是一本原汁原味的面向男性读者的小说。

这种男女角色对换的浪漫主义风格是这本小说的精彩所在,也是其最催人泪下的地方。

实际上,赞赏这本小说的,绝对是中年男性居多。再三劝我阅读这本小说的,就是一个五十五岁、在管理职位上的男人。

然而,与中年男性对此的狂热相比,女性却意想不到地清醒,很多人都说这本书无聊。有的女性还带有唾弃意味地批评:"什么呀,那个装模作样的女人……"只有个别单身的职业女性用带有羡慕的口吻说:"真想体验一下那么潇洒的恋爱啊!"

我有一个略显武断的结论,现实中的女性,是不会像女主人公那般迷恋一个无所成就的男人的。

与此相反,男人总是喜欢追逐虚无缥缈的梦,做思想上的巨人。

所谓的男人是浪漫主义者而女人是现实主义者,指的就是爱情方面。在选择的交叉路口,男方总是优柔寡断,缺乏勇气,而女方甘愿抛弃一切,将错就错。

总之,始于中年男人的恋爱常戛然而止,始于中年女人的恋爱常一往无前。

公园旅馆的回忆

十月十九、二十号两天,札幌的公园旅馆决定举行题为"渡边淳一的世界"的文学展会和讲演活动。

这是纪念该旅馆开业三十周年的庆祝活动。我和这家旅馆因缘匪浅。

距今二十九年的昭和三十九年①十一月,我在这家开业不久的旅馆举行了婚礼。

因为之前我和几个女性交往过,后来给我做媒的恩师,札幌医科大学整形外科的河邨文一郎教授对此很是担心。

他特别担心婚礼举行之时,有人前来闹事,故指示主管人员严加防范。

我觉得无需过分担心,而教授觉得自己身为媒人,不想受到无故的牵连。

---

① 1964年。

到了婚宴将要开始的时间,我们依次从休息室走向会场,走在最前面的是旅馆的主管人员,接着是做媒的教授、当新郎的我、教授夫人和新娘。走了不过四五米远,教授突然停住脚步,回头对我说:"你先走吧!"

怎么回事儿呢?我露出了莫名其妙的神色,教授却严肃地说:"要是角落里有女人拿着硫酸,那可不得了啊。"

没办法,当新郎的我只好越过教授走在前面。当顺利到达婚宴现场门口时,教授又和我调换了位置,在婚礼进行曲的和谐旋律中,我们步入了婚庆大厅。

此后,我们在主桌上入座,到了媒人致词的议程,教授开口就说道:"今天好不容易到达现场,顺利地举行婚礼……"他说到"好不容易"的时候,还特别用力,逗得来宾席上我的伙伴们发出了窃笑声。

后来,婚宴顺利结束了。之后我每每来到这家旅馆,看到二楼休息室通往会场的走廊,当年那新郎在前、媒人在后的怪异的入场队列就清晰地浮现在眼前。

过了几年,我从北海道到东京工作,每当回到札幌,一定住这家旅馆,吸引我的是旅馆外围壮观而秀丽的景色。

在这家旅馆住过的人都知道,从旅馆西侧的房间能展望碧水微澜的池塘和为翠绿所环绕的中岛公园,走出旅馆,越过前面的大厦和几排房屋,能看到远处绵延起伏的群山。

这儿的风景和京都的东山很相似,藻岩山是主峰,相当于比叡山,那里与东山连峰一样,群山呈南北走向绵亘着。

群山之中有如倒扣木碗状的圆山,山脚下有圆山公园和北海道神宫,是赏樱的胜地。

札幌的旧市区由条和丁构成,呈棋盘格子状,市内有条叫鸭川的河,整体看起来酷似京都,这是因为第二代开拓使长官东久世通禧是朝臣出身,他依靠记忆,比照着京都建设了这座城市。

小时候,我在这片圆山到藻岩山的山脚下捞蝌蚪、捕螽斯、赛跑、滑雪,长大之后则在那儿与女孩多次幽会。

换言之,这儿是我从少年到青年生活学习过的、令我终生怀念的地方,正因为如此,从这家旅馆的窗户里看到群山,就会想起遥远的过去,心情才会平静下来。

这座圆山的山脚下现在仍有我的老家,今年八十七岁的妈妈住在那里,相距不算远。无论妈妈发生什么事情,从这个旅馆乘车十分钟就能赶到。

公园旅馆在我的小说或随笔中曾多次登场。

当然,小说没有明确地写出旅馆名字,但读者一看就知道是这家旅馆。

曾经有过一次起到了适得其反的效果,那是在《冰纹》这部以札幌为舞台的小说中提到了这家旅馆时。

故事是从北海道北部来的一个男人住进这家旅馆,他来的目的是与一位过去互有好感、现在待在札幌、已嫁作他人妇的女子幽会。

男人把这个已婚女子悄悄领进自己的房间,进一步深入了两人的关系。

看过这部小说的当时的经理苦笑着对我说:

"你把我们的旅馆写得很漂亮,我感到很高兴,但我们这里是禁止把外来客人领进房间的……"

怪不得他不高兴,他说得对,要是都那样做,这不成男女幽会的专用旅馆了。

我为此作了深刻反省,无奈小说已经在报纸上登载了,没法更改了。说实话,男女幽会这种情况,两个人为了发生关系,偷偷摸摸溜进旅馆是很自然的事。

"无意中疏忽了旅馆的禁令……"

我跟责任编辑说起这事儿,他默默地笑着说:

"不就是无意中写了件平常事嘛。"

现实生活中不是没有这种事。不过其实我写《冰纹》,是将近二十年以前的事情了。

现在,旅馆为我举办文学展会并邀我讲演或脱口秀,感觉有点不好意思,但旅馆方面恳切要求,不得不接受。

幸好,我于两年前在札幌道文学馆主办过个人文学展,准备的资料比较齐全。

做事不能太过死板,免得让人讨厌,故自己决定利用餐后或休息时间轻松愉快地进行讲演或脱口秀。

因为场地在自己熟悉的旅馆,故心情轻松又惬意。之前到旅馆接洽商谈,突然想起了那年婚礼的事。

那时为我做媒的河邨教授还健在,现在是名誉教授,不知教授所畏惧的那个女人现在什么情况。

婚礼之后已经过去了近三十年,再与那女人见面她该不会泼硫酸了吧。

即使自己被泼硫酸,也不会改变什么,她也没有那么多干劲儿了吧。

当然,如果偶然在走廊的拐角上碰到她,可能也会被吓到,但时光荏苒,岁月无痕,也许双方会因为怀念而伸出友谊之手。

其实都只是寻常小事,我们终究敌不过岁月。

被压埋的手稿

我在二十几年前所写的两部小说手稿,前两天被翻出来了。当然,不是为了配合我的"文学展"。

这两部手稿,一个是《花逝》,另一个是《雪舞》。

都是为当时的"河出书房"出版社所写的长篇小说。《花逝》诞生于昭和四十四年①至四十五年期间,是相隔二十三年才重逢。《雪舞》写于昭和四十七年,是相隔二十一年重见面。

这两部手稿为何到现在才重现呢?有些不可思议,但很早以前自己就预感这两部手稿没有丢。

当时的责编从我手里接过稿子装订成书,尔后保管在位于埼玉②的出版社仓库里。后来那位编辑辞职,调到了别的出版社,稿子就一直

---

①昭和四十四年:1969年
四十五年:1970年
四十七年:1972年
②地名,位于关东地区中部。

放着没动。

因为自己了解这种情况,以前就想从仓库里把手稿找出来,可找来找去,就是找不到,不知被压埋在哪儿了。

这未必是出版社管理粗糙,这类手稿数量巨多,每天都在积攒,会形成庞大的量,因为不纳入正式管理,堆在角落里一层层地摞着,日子久了就相当难找。

自己要是再早点儿索要回来就好了。总以为写完稿子,出了书,一切就完事儿了,就置之不顾,后果便很糟糕。

当然,近年来这么马虎的事情已经没有了,即使自己不索要,出版社退还的情况也多起来了。

总之,过去对任何事情都不在乎,没觉得手稿有多么重要,想索回时又找不到,也是没办法的事。手稿之所以现在冒出来,是因为出版社偶然进行仓库大规模清理,沾了这个光,才让它们重见天日。

相隔二十多年再看到自己手稿的感觉如何呢?

之前没有经历过此事,大概可以这样说吧:是那种与二十多年前诀别后一直没有下落的亲生孩子重逢的感觉。

不由得想要搂紧它说:"你活得真好!"

特别是《花逝》,它是我写作初期的代表作品,那时尚在获直木奖①之前那默默无闻的时代,当时的自己每天都感到不安:这样能成

---

① 日本文学界最具影响力的奖项之一,设立于1935年,每年颁发两次,得奖对象以大众作品的中坚作家为主。

书吗?

这部作品不是连载,而是一次写就的,摞起来有七百多张稿纸,沉甸甸的,用双手抱一下,感到有相当的重量。

手稿中大部分发了黄,褪了色,最后几章的外侧还被撕开了一部分,快要掉下来了。有的页面留有几个编辑写上去的表示换行或标点符号的红字,还有"空两格"、"8M"或"紧排"之类的标注。

编辑和作家联合制造的毛坯产品上,还留有鲜活的印迹。

附带说一下,建议我写这部作品的是现代文艺评论家川西正明先生。

当一眼瞥见《花逝》的开头"利根川是关东最长的河"时,脑际马上掠过当初执笔起头时的烦恼与不安。

记得确定了开头后写下这一行时,虽然还有不安,但信心陡增。

其后用一年时间完成了这部作品。令自己感到诧异的是,手稿中的不少章节是女子书写的。

这是怎么回事儿,为何掺杂着女人的手稿呢?仔细搜索记忆,很快弄清了原委。

当时我的字写得不好看,请了字迹工整的女子帮助誊清。

好像《雪舞》也是用这种方法誊清的。

令人遗憾的是,当时帮忙的那位女子是谁,完全想不起来了。

当时我是在平民居住区两国[①]附近的一家医院打工,要么是邀请的

---

① 地名,位于东京都墨田区西南部。

护士或传达员,要么是当时在一起的女子。

字体有点往右上方挑起,感觉写得相当熟练。不记得求过陌生人,一定是身边的人,不知为何却想不起来了。

女性的字迹几乎占了手稿的三分之一,如果说作品是联合出产,她也算其中的一个。

看到这篇文章而能提供线索者,如能联系,不胜喜悦。

我记得事后曾表示过谢意,但还想再次见面道声感谢。

另一部《雪舞》也是当年的新作,是个累计有五百张稿纸的长篇。

当时由现任职于集英社的龙圆正宪先生做责编,稿子上没有女性的字迹。当然,并不是因为我的字已经写好了,无需誊清了。

与最初写《花埋》时相比,提笔写《雪舞》时自己已经拿到了直木奖,成为职业作家并登上文坛,所以有点无所顾忌:即使字写得不工整,也可以给人看。

《花埋》手稿中有女性工整而漂亮的字,看到反而会引起不安和紧张。

令我稍微感到惊异的是《雪舞》手稿的书名是《流冰》。

于是我想起来了,当时这部作品中的主人公(医师)要从札幌调动到根室去,故初定书名为《流冰》。

后来改成《雪舞》是因为医师受漂亮的已婚女子委托,给她的孩子做危险的手术时,窗外鹅毛大雪正在漫天飞扬。

也可以说是写着写着,这样的场景便显示出重要性来,写完之后斟酌再三,便改变了书名。

然而,重新拿起《雪舞》的单行本来看,佐藤忠良先生设计的装帧是一幅流冰的画面。

由此来看,是交稿之前最后一刻才改的书名。

一切都是自己做的事,过了二十年,竟记不得或记不清了。

可能只有在当时把零零碎碎全都手写下来,才能还原真相吧。

凭什么叫新春呢?

一年很快又要结束了。

岁月流逝得真是快,犹如白驹过隙!本不想说这些陈腐的词句,但还是不由自主地说出口来。

有这样的感想也是正常,小时候感觉一年过得没这么快。莫说过得慢,甚至觉得时间停滞了并为此而着急。

我从二十多岁的后半段开始,感觉岁月流逝在加快。

自己的青春期即将结束,接下来应该结婚生子,安家立户。在这么念想的同时,就突然觉得时间快速地动起来了。

到了三十来岁,生活的方向明确了,家庭和事业稍稍稳定,又感觉时光老人的脚步走得慢了些。

到了四十五岁上下,再次感觉到时间加快。

好像大多数女性是临近四十岁大关之时才有这种感觉。

我在三十七八岁就拿到了直木奖,感觉写作精力充沛,反倒希望早一点进入成熟的不惑之年。

总而言之,人在面向未来有所期待或享受快乐之时,不会感觉岁月飞逝。

接下来到了四十五六岁,又开始感觉快起来了。

这个时期,无论你干工作多么起劲儿,依然会感觉快。

因为不管你什么感受,衰老一定会不期而至,即使工作十分充实。这是不可抵挡的。

进入五旬后,一年就像一个月一样加速奔驰。

如果用水流来形容时间流逝的速度,二十来岁是涓涓细流的小溪,三十来岁汇成了静静流淌的小河,四十来岁水流变得湍急,五十来岁成为滚滚激流,从六十岁以后就和瀑布飞流直下没两样了。

假如时光流逝的速度与未来幸福的程度成反比,要延缓时光的流速,就得让来日变得充实加快乐。

然而说着容易,做着难。

目前,我已将时间的概念抛至脑后。是快是慢随它去,有时反倒希望岁月过得稍快一点。

如果到了年底,就想早点儿过年也不错。如果过了年,就觉得早点儿到年底就行。

把一年当一年过,就会觉得快,把一年当一个月过,就不觉得多么快。

我的本意是转变观念,其实只是将错就错罢了。

每年的正月一临近,自己就会增加一项工作。

就是考虑如何写新年贺卡的俳句。

附带说一下,今年想写下面这一句:

元旦已临近,新年旧年宜分清,不清也要清!

这一句体现了我生性邋遢,还算过得去。

还写什么呢?这几天一直在思考,下面两句作为备选在脑海中浮现出来:

辞旧而迎新,逆反之心愈强烈,绵绵无绝期。

辞旧而迎新,世事茫茫何所为,越来越混沌。

写贺卡上的俳句,比较难办的是像"新年"或"新春""元旦"这样可用的季语①非常有限。

写过几次之后,合适的句子总会用尽。

今年用哪个季语呢?后来想到了用"辞旧迎新"来表达。

这两句均由此开头。

第一句是瞬间冒出来的,颇有几分斗志。

之所以冒出这样的句子来,是因为我对前几天接受晚报F版的采

---

① 表示季节的词。

访被写成与文学无关的报道而感到气愤。

之前,有位记者 N 想要向我了解自传体小说的背景,我答应了。然而事后他无视前后交谈的语气和氛围,把闲聊的部分大肆加工和渲染,完全脱离了文学的观点。

因为是关系亲密的编辑介绍他来的,自己放松了警惕才导致出问题。问题是这人竟凭这么粗糙的感觉就能当上记者。

我为此感到惊诧,不由想起了二十六年前我在大学附院接受某周刊杂志对心脏移植手术的现场采访。

当时,我介绍了执刀医师和田教授的概况,凡是说到和田教授这几个字时,全部加着教授这一头衔,但事后上了报纸,教授这一头衔却全部漏掉了,文章每一处都是直呼其名:"和田……"

这样一来,我作为初出茅庐的讲师在大学附院就不好混了,这也成了我第二年从大学辞职的主要根由。

所以,接受记者采访是很可怕的。

尽管经常告诫自己:不要轻易地接受采访!但无意中还是松懈了。

可能是因为记着那个可憎的家伙,便马上联想到这样的句子,也许表达有点过于直接,节奏和锐气有点过于强烈。

第二句虽说不合规定音数,但能体现社会现状和自我境遇,视野开阔些。

不过如果反复吟读,就觉得用词有点平淡,缺少趣味。

看来要把"辞旧迎新"的季语运用自如,自己的本领还有点跟不上。

于是便再次回到"新春",突然想到了下面一首:

何以称新春,身心俱疲懒洋洋,颇似卧犬状。

这不是单说"新春",将"何以"加在句首更是加深意味。

"颇似卧犬状"不也算是佳句吗?

因为今年正月自己首次去自家附近的神社参拜时,见一条大狗露出与己无关的那种表情,伸出前肢俯卧着晒太阳。

与其相协调的,正是正月风景,同时也与我们人类愚蠢的忙碌形成鲜明的对照。

而且明年是戌年,也就是狗年……

自己对这段俳句颇为得意,让对俳句完全不感兴趣的年轻女子看,她们也说"可爱、有趣"。

也许有点恭维的意思,但作为外行马上就能看懂且说有趣,大概确实写的不赖。

遂沾沾自喜,决定今年的贺卡就用这一首。

妈妈患病之后

我担心妈妈的健康情况,急忙地赶往札幌。

妈妈和一直寄居于此的女护工住在札幌的老房子里。去年年底她患了感冒、发烧,还堵着痰,于是我就拜托当内科医生的姐夫照管,让她住进了附近的医院。

像妈妈这样八十七岁的高龄,即使从感冒转成肺炎,体温也不会太高。与其这样说,莫如说人一到高龄,全身的新陈代谢就会衰弱,体温上升也升不高。

反过来说,高龄者感冒发烧,虽说体温低,却不能掉以轻心。有时三十七度多一点就引发肺炎。

年底是人很忙的时候。妈妈住院一检查,感冒发烧不说,血糖值相当高,故而马上注射了因苏林胰岛素。

到了除夕的时候,血糖值降低了不少,烧也退了,为巩固疗效,遂决定正月里再住几天院,并派去一个女护工。

就这样观察了几天,想稳定下来再让她回自己家,不过去医院探望的弟弟认为：妈妈一直卧床，饭也不怎么吃，这样会越来越衰弱，还是让她早点儿出院吧。

这么说也许会遭受医院斥责，但如果让老人住院，卧床不起，身体很快就会衰弱下去。特别是一切事情都由他人代劳，身子一动不动，再加上一个人待在房间里，连个说话的对象都没有，脑子也会慢慢陷入糊涂。

如果习惯了患者这种状态，并放任不管，等意识到时，就为时已晚，这种情况很常见。

因此，可以这么说："要杀老人不用刀。就让其躺着不动，热情地给予全面护理，就能达到目的。"

如果仿照"捧杀"的说法把这叫作"宠杀"的话，估计又会得罪很多人而被骂。

但不管怎样，让老人长期住在医院是需要慎重考虑的问题。

我接到弟弟的讯息，想马上去札幌，无奈工作缠身，暂时去不了。

于是，我嘱咐弟弟说："等正月的休假结束，医师上班之后，你与他们讲一下，要求马上出院。"

然而，是姐夫和姐姐在年底硬让她住院的，他们好像不赞成尽快出院，认为现在还在打点滴，也在进行糖尿病治疗，接她回家不合适。

他们的这种心情倒可以理解，关键是妈妈本人怎么想呢？

我让弟弟问了一下，妈妈回答说：住在医院里，一到晚上就觉得冷，食物也不好吃，看电视还得花钱，想早一刻出院。

"如果是这样的话，还是让她出院吧。"

我这么说。但弟弟却感到忐忑不安,他专攻的是与医学无关的土壤地理学,对治病缺乏了解。再说他已问过医师,说不让出院。何况妈妈回到家里后,当下正在进行的静脉输液和糖尿病治疗怎么办?

治病当然重要,但是像妈妈这样的老人应该先让其回到住惯的地方,吃她喜欢的东西,让其心情放松。

糖尿病是一种常见病,人一上了年纪,就会某种程度地出现血糖偏高,用不着拼命治疗。服一点降糖药,让其自由地吃喜欢的东西,精神就能振作起来。像这样一天打三瓶点滴,老人一直被束缚在床上,不能活动,反而变得越来越像重病号一样。

搞不清医院给打什么点滴,还是先回到家,喝点鲜榨的果汁或吃点水果比较好。

"妈妈的病情不要紧,还是让她出院吧!"我再次嘱咐弟弟。

于是,弟弟向医师说明情况,要求出院,医师好像理解了,给拿了治疗糖尿病的药,妈妈顺利地出院了。

用"顺利"一词来形容出院有些荒唐,但根据以往情况,医院很难应允患者自主出院,有的医院还在挽留长期卧床不起、医疗手段对其无效的老人,所以不能不全力争取。

以前某个杂志开展问卷调查,其中一问是"怎样算是好医生",我的回答是"能爽快地答应要求转院的患者并及时给开具介绍信的医生"。尽管这是只站在患者立场上的片面裁定。

妈妈出院后,好像精神了许多。

我打电话问候,妈妈爽快地回答说:住院已经住够了,出院真好。

家里依然是天堂,现在无论吃什么都觉得好吃,还想稍微吃点拉面,于是便叫了一份外卖。

我说两天后会回家去,她冷冷地说:"不用来,我没事儿。"

我说:"肯定要回去的。"她听了继而用轻松且带撒娇的口吻说:"后天吗,那等着你。"

看来,早点让妈妈出院是对的。

但是姐姐打来电话质问我,似乎有点不满地说:"你还是让她出院了!"

我说:"也是妈妈的意思……"好像之前妈妈对姐姐说过:"东京那边说出院好,我就出院啦。"

什么呀,这不是和事情的经过不符了吗?先是妈妈想出院,我赞成,弟弟办理而已。

妈妈在姐姐和姐夫面前说是我让出院的,把自己撇得一干二净。

我起初有些诧异,后来仔细一想,可能是妈妈在为日后的生活考虑。

她可能想:现在已经上了年纪,靠自己的力量什么也不能做了。

今后会越来越依赖孩子们的照顾,要让大家都觉得妈妈好说话。

也许是在这样的思想指导下,她无意地迎合大家,结果就是一点一点地开始撒点小谎。

这么一想,就觉得用老脑筋开动智慧的妈妈很滑稽,也更加可爱了。

花样滑冰本应属于女人

昨晚应该写稿子,但由于观看利勒哈默尔冬奥会男子花样滑冰决赛拖到了早晨。

不过不是彻夜未眠地一直盯着电视荧屏看。

而是开着电视机不关,看一会儿,迷糊一会儿,睡一会儿,突然意识到出现有声画面便醒来再看,反反复复,称得上是假寐观赏。

由于大脑迷迷糊糊,稿子写不了,决赛也没看好,不仅没能一石二鸟,而且是逐二兔不得其一。

早知是这样,不如干脆关掉电视,好好钻进被窝,正式地睡一觉。然而自制能力差的我显然做不到。因为深夜一个人睡不着,总是不由自主想念人的影像或声音,便会不自觉地打开电视,以那种半睡半醒的状态度过一夜。

并不是说因此而发牢骚,但这花样滑冰确实不是男人玩的。

自己都看到天亮了,再说这种话,也许有点可笑。但无论男人滑冰技术多么精湛并富有生机,艺术的表现力多么丰富,总觉得有些怪异,令人心疼。在花样滑冰这个体育项目上,男性终归赶不上女性姿态的柔美与华丽。

昨晚一边瞌睡,一边看电视,收获的只有这点感受与体会。

总之,花样滑冰还是应该由女性表演,只有女性才会表现出这项运动的美妙之处。

我不是反对男人表演,而是说男人表演起来魅力大减,岂止减少一半,也就剩不到三分之一。

有的体育项目,男人的吸引力远胜女人,女人看上去毫无魅力可言。譬如柔道、职业摔跤和相扑之类,这些格斗项目不适合女性。

说白了,像柔道这样弄乱衣服、互相敌视、架起对方用腿和腰猛甩出去之类的行为,没法凸现女人的魅力。

这么说好像会被指责:仅从女性漂亮不漂亮来看的观点是陈旧的。但如果怎么看都不漂亮,那也实在没有办法。

当然,我并不是反对女性从事这些运动。

只要愿意,女性可以不顾一切地坚持下去,但女性进行格斗的样子确实是难看而诡异的。

当然,男人当中也有喜欢女子摔跤或女子相扑的人。

其对此不是作为体育或游戏来欣赏,而是出自猥亵、性虐这些变态的好奇心。

换言之,其兴趣可能不是单纯来自体育项目本身,而是主要来自这些额外的期待。

现实就是,没有这些关注点,这类比赛便不值一看。

本来,女子体育项目有很多种类,从铅球、跳远、标枪、马拉松到高尔夫、棒球等等,都与女性特征不匹配。

女性互相凝视、咬紧牙关或大口喘息、挥汗如雨的形象都不雅观。这些行为源自女性的本能,会在现实生活里暗中重复,用不着在众人面前暴露无遗。

把这些东西呈现出来,体育的爽快感便荡然无存。

相反,男人则不适合华丽的舞姿。

本来与女性相比体型就粗壮,如果是性格柔弱的男性走向舞场并展露身姿,其作为男人的悲哀就益发强烈地凸显出来。

无论怎么努力,男子花样滑冰都让人兴奋不起来,男子花样游泳或艺术体操这些,表演起来更不像样。

以上情况不用多说,男人几乎都能感觉到。

然而,随着数十年来女权主义运动风起云涌,男人们在心里这样想,却只能保持沉默。

岂止保持沉默,有时甚至是盛赞或吹捧这些进入不适合领域发展的女性们。

就在前几天,报纸上大张旗鼓地报道了美国南加州大学一个叫伊拉·鲍德斯的女生,在与克莱蒙特联盟的棒球比赛中,取得了完投胜利。

据说这个女生从十岁起就跟着父亲练习投球。看来真有教这种无聊事的父亲。

报道还说,女性未来的梦想是进入职棒大联盟。看来给戴高帽子也得有个分寸。

当然,狗咬人不是新闻,人咬狗才是,报纸认为是异乎寻常的事情,才会大肆报道,但这会使女生认不清自己,后果很可怕。

她投球球速不快,顶多能投些变化球,进不了大联盟。

而且说实话,她投球的身姿一点儿也不漂亮。

在此并不是想要阻止她热爱自己的事业,而是说只要不干涉就行,用不着过分赞誉。

这样说,也许会遭受女权主义者指责,然而男人和女人确实存在根本上的差异。

无论时代怎样变化,人们的思想如何变化,男人和女人还是不相同。

确认这种差异并不是性别歧视,而是男人和女人在真正意义上相互理解的出发点。

所谓的男人和女人一个样,无论什么都一视同仁,是一种被误解的平等主义,也是一种糟糕的错觉。

假如男人和女人真的一样,至关重要的阴部器官、荷尔蒙的分泌、身高与体型都应该一样,都要有例假、子宫、卵巢,都必须生孩子。

或者都没有刚才说的那些,全都是棱角分明的身材,声音粗壮,喜欢打架,站着小便。

暂且不说大脑的进化和发展,人类的肉体自古以来就没有重大变化和改良。

这样易懂而浅显的道理现在已经被一些人忘记了。

不,装作忘记这一点而追求时髦的人或许太多了。

辛德勒这个人

隔了好久才看到一部有观赏价值的电影。

电影的名字叫《辛德勒的名单》。

关于这部电影,各种报刊杂志已连篇累牍地介绍过,似乎没有必要啰里啰唆地说明,但是不简单介绍一下故事情节,我讲的故事就没法往下进行。

时间是在第二次世界大战期间。

德国商人、纳粹党员奥斯卡·辛德勒想趁着战乱赚一笔钱,便到了波兰的克拉科夫。

在这里,他先与赚钱能手、犹太人会计师斯特恩合伙取得了一家倒闭的工厂,继而利用犹太人作廉价劳动力,经营起了搪瓷容器加工厂,后获得巨额利益。

辛德勒一下子成了暴发户,与情人在高级公寓同居,每晚乘坐配有专职司机的汽车陪德军军官在高级俱乐部一家接一家地喝酒。

后来德国政府颁布了政令,犹太人居住区被解散,犹太人被强制移送到集中营,被逼上了遭受大屠杀的绝路。

辛德勒亲眼目睹了犹太人所遭受的命运的残酷打击,产生了不再追随纳粹的想法,于是下定决心,凭借自己的力量尽量拯救处于危难之中的犹太人。

如果做得过于暴露,就会危及自身性命。深思熟虑的辛德勒假借在自己工厂内创办私人收容所的名义,想要从纳粹集中营救出千余名犹太人。

为了实现这一目的,辛德勒自费建立了专门的工厂,并多次向纳粹集中营司令官以上的众军官进行巨额贿赂。

对于只有被送往毒气室这一条道路的犹太人来说,只有上了辛德勒的这个招工名单被工厂领走才是起死回生的唯一出路。按辛德勒所愿,一千多名犹太人被拯救了。

然而,这个人群中多是老人、女人或孩子,与工厂所需的熟练工相去甚远,致使生产不能走上正轨,辛德勒积蓄的资金逐渐被蚕食一空。当工厂面临倒闭之际,德国战败,犹太人获得了解放。

辛德勒因此失去了地位和财富,被迫离开波兰。后来,他收到了当时获救的犹太人用仅存的一颗金牙所铸造的戒指。和平恢复后,他受邀请到以色列,被授予"国际义人"称号。死后为他建造的坟墓前,现在仍有幸存者及其后人去祭奠他的亡灵,坟前的花从未间断。

奥斯卡·辛德勒是个真实存在的人物,电影也基本上忠实于史实,但内中的人物描写可能有些地方并不准确。

打比方说,他前半生是纳粹党员,能像打靶一样地打死犹太人,为何中途却思想大转弯,积极拯救犹太人呢?这方面的心理变化交待的不充分。

从影片整体风格来说,最后离别的场面,也有点过于感伤。

更进一步地说,电影本身耗时三小时二十分,相当长,如果是讲述必要情节就算了,但其时间基本都用在纳粹残酷暴行的铺叙上,人物形象的塑造有点缺乏力度。

当然,这部电影虽然有这些小小的缺点但仍然出色,主要在于这位主人公所富有的人性魅力。

就像刚才说过的,这个叫辛德勒的人不能算作好人。

他本来是个纳粹党员,被世俗的名声和欲望所驱使,使用不需要工钱的犹太人而获得巨额财富,为此而自鸣得意。何况他去往波兰是为利己的条件所引诱:只要从事当地的情报搜集,就被免除服兵役。

他从开始就没有同情犹太人,也不讲什么人道主义。也可以说对这方面没有特别的关心。

总之,他是和我们同一类型的俗人。

然而就是这个人,其后来的行为成为在惨绝人寰的大屠杀中唯一令人感到温暖的美谈。

现实中的辛德勒因为竭尽全力营救犹太人,战后事业破产,妻子也与他分手,心不甘情不愿地孤独而死。

这旷世的美谈没有给他带来日后的幸福,这真是太现实了。

这世上确有善良的人、虔诚的人和洋溢着人道主义精神的人。我不怀疑这些人的善意,有这些人的存在,会让众多落难的人得到拯救和安抚,事实也确实如此。

然而,我却不愿把这种充满善意的人写进小说。

我想写的是优雅、宽容、博爱和具有自我牺牲精神的人在拥有种种优点的同时,又任性、狡猾、自私自利和好色,弄不好还会干出荒唐之事,让人感到神秘莫测或望而生畏。我的笔下此类人居多。

总之,我爱写同时存在善恶两面、俗气而鲜活的人,这甚至也是写我自己。

奥斯卡·辛德勒也是这样的俗人,这个人的善行名垂青史,具有非凡的意义。

他不是向神祈祷或受人教诲,而是在看到灭绝人性的屠戮时自然产生悲悯之心,这是人性的意义所在。

无论多么俗气、平凡甚至卑劣的人,有时也会成为神。

这部电影的主人公不是大声地高谈阔论,而是平静地诉说这一发生过的历史事实,更让人感觉舒服。

主人公虽有善举,但有时也会为此而不耐烦,甚至大动肝火,凸显了人性的可爱之处。

看到末尾,就会认同他既不是圣人,也不是虔诚或正派的人,而是同身边的你我一样。但他也可以做出流芳千古的善举,令观者受到教育和鼓舞。

斯皮尔伯格确实是发现了一个好的主人公。

原先以为这导演是个咋咋呼呼,只看重话题性,热衷拍无聊电影的人,看来不是这样的。

希望日本电影界也出现这种拥有大眼光、大手法、大风度的大导演。

友人之死

我的友人,脑外科医生千叶丰昭君死了。

死因是肝癌。

有关他的事儿,以前曾在本栏目中提到过。

他之前接受了一个把肝癌肿瘤周围填满,使肿瘤封闭孤立,以遏制其扩散的手术。在得了这场大病之后,他第一次切身体会了患者治病的痛苦,立志从此以后做一个好医生。

可惜的是,他没能再次为患者看病。

和他最后一次见面是在他去世前的两个月,即九月中旬。

我碰巧有事去札幌,借机去他家看他,他请我共进晚餐。

他虽然有点瘦,但反倒像年轻时那样显得干练而富有活力,气色也不错,精力充沛地与我大谈报刊杂志上登载的政治或社会问题。

食欲好像不是多么强,但吃得也不算少。

谈到工作展望,他说:"还要努力五六年啊。"他自认为能长久地活下去。

然而,不到两个月,他就死去了,让人大感意外。

不只是我,近期见到他的人好像都认为他还没问题。

我在其灵前守夜时,见到了T君,T君是他在世时见到的最后一个友人。据T君说他并没有特别瘦的样子,精力充沛地攀谈了近一小时,绝没想到五天后会告别人间。

看起来还算健康的他为何突然去世了呢?

两年前,他的左肩上长了个肿瘤,经检查确诊为癌,他这才发现自己得病了。也就是说,癌细胞已经扩散了。后来,病灶又转移到肝上,而且还扩散到了肾上腺,无奈先把肾上腺摘除了。

当然,他起初就知道是癌,接受了各种手术。

进入十月份后,他便不能吃饭了,只能从锁骨下静脉注入营养,当时好像癌细胞已从肺部转移到食道,且已扩散到大脑了。

全身受到这样的侵袭,为何还能精力充沛呢?对于这一点,我咨询了同年级同学当内科教授的I君,才明白了原委。

首先是他即使不能用嘴进食,也可以从锁骨下静脉注入充分的营养,因此从表相看,他不像重病患者那么衰弱。即通过现代化手段,保证了营养的全面供给,故而使病人看上去状态良好。

对于癌症晚期患者的疼痛,麻药的用法也有所进步,可以使之不仅不痛,而且相当舒适。使用这种麻药的另一种效果,是精神上变得兴奋,一直处于亢奋状态。

实际上,他在临死的五天前见到友人之所以精神充沛地说个不停,就是这种麻药的神奇效果。

当然,通过使用这种强烈的麻药或许会使患者的死期提前,但是患者在生命的最后阶段不会那么衰弱,痛苦也少,可以快活地度过。

我们觉得他死得出乎意料就是这个原因,他的身体实际上已被癌症摧残殆尽,外表却不显得衰弱,不像个病危者。

癌症末期患者的全身护理取得了显著进步,不久也许会发生这样的情形:头一天去看他时,他还很精神,第二天却死了。

一般来说,无论对患者,还是对家属,这样的结果都是令人满意的。随着医学科学的进步,人在生命后期所遭受的种种痛苦会逐渐得到全面改善。

他尽管病入膏肓,但仍然很顽强。

毕竟肝脏不会说话,等到发现癌症为时已晚,他却勇于挑战所有的治疗手段。

尽管专业不同,他毕竟是医师,曾就肝癌认真学习和探究,医师劝他做的手术不用说,他甚至主动向主治医师提出治疗建议。

从最初肩上的肿瘤手术到肝癌本身的手术、再到肾上腺的摘除,仅像样的手术就做过三次。

今年夏天时,他还意气风发地表示:不管那儿长癌,只要一发现就能摘除。

他始终以顽强的意志积极地,乃至壮烈地战斗。

然而,最终还是被病魔打败了。

"我丈夫那样顽强,众医生想尽办法治疗,仍不能战胜癌症。"

他太太说出这般感慨良多的话,令人重新认识到癌症这种病的可怕。

近年来,医师主动告知癌症患者实情的情况在增多,目的是唤起患者的斗志,使之与医师协同作战,共同抗击病魔。实践证明,坚强的患者有很多。

不限于癌症,所有疾病的治疗,都需要顽强的斗志,人们常说,只要精神不垮,病魔就会退去。

这的确是事实,勇于抗争而最终生还的人有很多。

然而,有的病症,无论患者怎么抵抗,都无法战胜,只能默然败退。

早期发现的癌症或进展缓慢的癌症,治愈的可能性比较大。但依然有很多癌症仍是不治之症。

就像我的朋友,具有非凡的斗志,接受最现代的治疗,得到最好的看护,还是没能治好。

癌症这种越战越勇,置人于死地的疾病是多么的诡谲惊人、难以征服啊!

人不能过于害怕癌症,但更不能轻视它。

未能成真的名酒"一片雪"

前几天,我去到东京一家旅馆的寿司店,那里的经理M先生问我:

"不喝一片雪吗?"

我弄不清问的是什么,感到一片茫然。

"一片雪"本是我写的长篇小说的书名。

要喝那本小说?

我正发楞,M先生赶忙解释:"说的是酒啊!"

我越发弄不明白了,便歪起头思索,厨师长见状拿来一个有点细长的圆罐儿,上面写着"一片雪"。

这到底是不是酒呢?

我感到惊愕,M先生不解地问:

"您没喝过吗?"

没喝过是肯定的,甚至没听说过有这样的酒。

"来,请喝一杯尝尝!"

他打开圆罐儿,往我面前的杯子里斟酒。

想象不出它的味道,于是我端起酒杯,轻轻呷了一口,这酒有水果香味儿,清淡而可口。

又拿起圆罐看了看,罐子整体呈淡粉红色,中心位置有着白色的椭圆形隆起,意寓大雪漫地,上面写着"一片雪"。

这是相当浪漫而新颖的设计。

据经理说,这家旅馆从两年前就开始进货销售这种酒,深受女顾客欢迎。

"怪不得,的确很好喝。"

我觉得很不错,但也不光是觉得不错。

我的小说取名"一片雪",是用了近一周时间才好不容易想出来的标题。

记得当初以此标题在报纸上做连载时,某作家问我:"雪这玩意儿能一片、两片地数吗?"我听了感到很失望。

这不能以理性来衡量,只能用感性来理解。

小说描写的是已婚女子激情燃烧的恋爱故事,象征了这份爱没有长久,最终像初春的淡雪一样消融,所以我特别喜欢这样一个标题。

竟然有酒厂想出了和我那标题一模一样的品名。

我不太能理解这家酒厂,据说这是越后汤泽①的一家酒厂。

汤泽是川端康成的名作《雪国》的创作舞台,一直以来就是雪窝。这名字可能是酒厂根据环境想出来,但即便如此,真有完全一样这种

---

①地名,位于新泻县东南部。

事吗?

自己依然不能释怀,但这个谜很快就解开了。

据说这家酿酒厂还产出一种叫"泡沫"的酒。

"原来是这样……"

我悬着的心落了地,也开始有点不高兴。

《泡沫》也是我在报纸上连载过的长篇小说,描写一对中年情侣浓烈的爱情。

对于"一片雪"和"泡沫"的命名来源,已经毋容置疑了。

这两种酒都是受我的小说标题的启发而命名的。

将小说标题用于酒的品牌命名是个好主意,但是自己好不容易想出来的标题可以这么简单地注册为酒名吗?

我不太懂那些复杂的规定,但一般来说,好像小说的标题没有专利权。

我曾经想出过各种标题,从未向专利局提过申请。如果都去申请,那以后就没有什么标题能用了,而且不应该用这样的事去限制我们美丽的日语。

实际上,我曾有两三部作品的标题与其他作家的作品标题重复过,但都是在不知情的情况下使用的。

这不存在专利,全凭作家的良知,但重复使用同一个标题的话,后来者基本上赚不到便宜。

当然,小说的标题被移花接木,用作商品名,给人的感觉又会有所不同。

我的作品《锁骨》和《冰纹》曾被用作俱乐部和酒吧的名字,我对此想得开:"冰纹"不是多么特别的名字,没办法;"锁骨"则是那家店的老板娘在事前与我郑重地打过招呼,得到了我的允许。

但是这家酒厂随意套用作家作品的标题,而且一下套用两个,这合适吗?

当然标题没有专利,法律上无过错,但在道义上没有责任吗?

我担心这会引发连锁反应,经理和厨师长都表示赞同。其后,经理将意见反映给了酒厂。不久,那家酒厂的总经理寄来了酒和道歉信。

好像厂家没有恶意,我也愿意同意酒名继续使用。但那封信上却写着:过几天两个品牌同时废止。

看起来总经理很是害怕,而我并没有逼他们废止。

我只是说既然是从我的小说标题得到启发而使用的,就应取得我的了解和同意。

只要有这封信,我便不想再追究,而且觉得自己煞费苦心想出来的标题,能作为雪国名酒的品牌而一直保留着,并不算坏事。

然而,总经理似乎是个很认真的人,说今后不再使用了。

其实没关系,我只希望信上有这样一行文字:

"我是您的粉丝,无意中借用了一下小说标题。"

如果有这行文字,我会兴高采烈地喝下那瓶酒,并为其无偿宣传。

话虽如此,如果经常喝"一片雪"和"泡沫",可能会导致丈夫或妻子模仿小说里的情节精神出轨,陷入婚外恋。所以这时候废止酒名,也许有它的合理性吧。

外行论经济

我对经济完全是外行。

因此,我下面所说的话,各位就当一个外行在信口开河吧。

大概谁都承认最近泡沫经济崩溃导致各行各业不景气。问题是这不景气要持续多长时间,何时恢复景气?

有人就这两点顺便问我怎么看。

我的回答是:

"很难恢复景气,经济会持续萧条,要做好长期的思想准备。"

我的想法并没有专业依据。

硬要说理由的话,就是到世界各地走一走,特别是到欧美发达国家看看,到处都是不景气。英国、法国不用说,北欧、美国、澳大利亚也都经济凋敝,人们的脸色暗淡无光。这些发达国家的失业率达到了百分之十到十五,没有工作的年轻人聚集在街道上,治安随之恶化,各大城市杂乱失范,变得不再洁净。

这些发达国家尚且如此,日本的社会经济状况可想而知。

战后四十几年,日本为了追赶和接近这些先进国家而跟在后面一路狂奔。

既然跑在前面的运动员一头载入了悬崖,那么跟在后面的忠实追随者自然也难以逃脱相似的命运,这是显而易见的道理。

"日本已经不行了吗?"

有人这么问,只好如实地承认:

"确实不行啦。"

想要尽量展望光明的未来,但撒谎是不行的。

如果用人生来比喻经济,也许就像人的身高一样。

从出生到二十岁会一年比一年长得更高。

战败时的日本,曾被占领军最高司令官麦克阿瑟将军戏称为"十二岁的孩童"。这也许是指日本人的精神年龄。日本当时的经济和社会状态,在美国来的大人物看来,大概也就是刚够十岁的水平。

这句话让当时的日本人很受伤,也相应地刺激了日本社会的成长。

后来的日本经济快速显著地成长起来,到了六十年代末期,已经逼近美国这个昔日的领路人,并有反超之势。

于是,日本人欣喜若狂,忘乎所以地大喊"太棒了",忘记自己到了个头不再长高的年龄。

追上了老大哥当然值得欣喜,但成长停止了,便踮脚站在层层摞起的脚凳上,误认为自己还在长高。然而只要有一张脚凳掉出去,便难免一个跟头滚落下来。

往后的事情就用不着细说了。

原先我们一直认为经济就像孩子的身高,总是会发展的。然而一年更比一年高的孩提时代已经结束了。

不过,经济绝不能停滞不前,为了经济增长该怎么办呢?

要么发生一场超出常规的技术革命,要么就得重蹈第二次世界大战的覆辙,引爆大规模的战争,让国土硝烟四起,把经济推倒重来,再回到过去十几岁的贫穷少年时期。

如果回到十几岁,个头还会一年高于一年。

现在,国际上经济正在增长的大都是发展中国家或地区。

中国大陆是这样,台湾也是这样。去印度尼西亚或马来西亚,也能直观地看到社会日新月异的变化。

直到前不久还赤脚乞讨的少年,现在已是穿戴整齐,迈着矫健步伐的学生了。过去的贫民窟已被鳞次栉比的高楼大厦所取代,大小汽车到处都是。

其令人眼花缭乱的变化和昭和三十年代①的日本差不多。

他们正在加速发展,赶超日本,因为尚处风华正茂的十几岁年纪。也看不到前面有经济增长过头而坠入悬崖的日本和一只脚踏在悬崖边上的韩国。

如果用年龄来形容现在世界上的国家,英国、法国等西欧各国是

---

① 即指 1955 年至 1965 年前后。

七十岁,美国是六十岁,日本是五十五六岁。

先前都是运气极好,现在都是落魄之身。

不管怎样,过去曾经辉煌,这样想内心能平衡一些。

从十几岁到二十几岁是长高的年纪,不长高反倒是不正常的。

对于年轻的国家来说,不必只靠自身力量孤军奋战,只要团结一致地追赶发达国家就能获得经济增长。

只要模仿老大哥就足够了,个性或创造性不太重要。

然而过了四十岁,到了五六十,个体差异就会很突出。

有人年逾七十仍朝气蓬勃、充满活力,有人五十刚过就无精打采、精神萎靡。

人在年轻时,青春可以掩盖一切,而随着年龄增长,人的差异就会凸显出来。

日本已经步入了老龄化国家行列,今后不仅国家要整体向前发展,而且要求个体能力也要发挥其独特性。

当今已经不再是依赖国家、社会、家属或集体的时代,而是从旧的巢窠中脱离出来,发挥个人的才能,靠趣味或个性生活下去的时代。

这么想的话,老了以后也并非完全无用。

日本这个国家已经不再是小孩儿,而是成了完全成熟的大人。今后不应再模仿别人或依赖别人。

对日本人来说,处境虽有些尴尬,但需要从现在起用全新的观点重新审视一切。

胜利了,然后呢?

看着 J 联赛的球赛,每每羡慕选手表达喜悦的方式直截了当。

打比方说,球员突破对面的严密防守将球干脆利落地射入球门。

在这之后,选手振臂跳跃庆祝胜利,与队友拥抱狂舞。球迷也随之高声欢呼,形成狂热的人浪,整个赛场成为欢乐的海洋。

足球不是什么高深而精密的运动(也许球迷认为高深、精密,但很显然,这种程度的体育项目比比皆是)。之所以受到欢迎,是因为球员热闹的庆祝方式。

与此相比,棒球就差一点儿,即使打出扭转局势的满垒本垒打,选手也只是举着一只手,绕内野跑到本垒,与迎接的本队球员握握手或拍拍肩,最多拥抱一下,不会扑到同伴身上狂舞和撒欢。

排球选手表达喜悦的方式相当谨慎,即使一次猛烈的扣球令对方防不胜防,得分一方的两三个选手也只是互相击一下掌。

然而这些项目已经算不错的了。

更为低调的是围棋及将棋的胜者。

围棋和将棋我都喜欢,经常通过NHK看棋手对弈。即使是初出茅庐的新人战胜强大的对手,也只是默默地低着头,不动声色。

有的获胜者如沉思般地以手支额,有的则仰面向天,虽然形态各异,但都是沉着而冷静。

当然这是获胜者在失利者面前表示的客气与关怀,但如果让不知情的人看到,会误把胜者和败者的位置搞反。

过不了多一会儿,获胜者自然会禁不住面露笑意,但又尽力克制,看上去似笑非笑,很是诡异。

如此这般复杂的表情体现了职业棋手各不相同的个性,要说有趣也蛮有趣,而现在的年轻的人也许觉得莫名其妙。

但也不能像J联赛球员一样,在对方认输的一瞬间,在棋盘前振臂高呼。

假如这么干,肯定遭人嫌弃。但如偶有这样的棋手出现也挺好。

"怎么样,怎么样,还是我厉害吧!"

边说边哈哈大笑。败者听了,猛踢座位,愤然离开。如果有这样的场面,那就更有趣了。

总之,竞技场上获胜者表达喜悦的方式各不相同,从而也反映出各类竞技的特点。

足球是拉丁风格的,围棋、将棋则是日本式的。

在当下的日本,好像是明快动感的拉丁风格更受欢迎。

说到这里,并不是给人气不小的J联赛泼冷水,自己看到球员在赛场上羚羊般舍命奔跑和振臂跳跃,有时会感到害怕。

这些球员在欢呼声中大显身手的日子究竟能坚持到什么时候呢?

棒球选手好像是三十五到四十岁左右退役,J联赛的球员因为足球更为激烈,恐怕要稍早一点吧。

即使能踢到三十五岁,接下来的漫长人生该怎样度过呢?

也许极少一部分人可以当领队、教练或解说员以维持生计,而大部分人必须要找到足球以外的工作。

我认识几个之前的职业棒球选手,他们现在在做跟棒球完全无关的工作,所以很为现役球员们担心。

曾有一个职业棒球选手接到解雇通知时,对我垂头丧气地说:"从我手里拿走棒球,我就一无所有了。"这句话让人听了真是难过。

不一样的"阿部定事件"

最近美国版的"阿部定事件"引得人们议论纷纷,电视和周刊杂志都在报道。

这一事件是女人切掉了男人的生殖器,不用说,伤处的特殊性引起了人们的兴趣,有超过二百名记者从世界各地涌入事发地马纳萨斯,因此,这座默默无闻的城市作为"阴茎之城"而出名了。

三十年代的日本曾发生过与此相似的事件,施害者是一个叫阿部定的女人。因而美国发生的事情被戏称为"美国的阿部定事件",在新闻媒体上大肆报道。

日本的"阿部定事件"是什么情况呢?想不到了解详情的人已经不多了,所以在这里介绍得稍微详细一些。

"阿部定事件"发生在昭和十一年(1936年)十月十八日,地点是东京都荒川区一个叫作"满佐喜"的旅馆。

一天晚上,一对情侣住进了这家旅馆。次日早上,女人对服务员说:"我出去买点儿东西,很快就回来!"说完就慌慌张张地走了,再没回来。女服务员后来觉得蹊跷,便进房间瞧了瞧,发现那个男人满身是血,倒在地上,已经死掉了。

男人是被人用女人的腰带勒死的,还被人用剃刀那样的东西从根部切下了生殖器,床单的边角上有蘸血书写的"只有定吉二人"几个字。男人的大腿上也写有"定吉二人"四个血字,被切掉的生殖器已经不见了。

尾久署立即作为重大刑事案件展开调查,两天之后,将躲藏在品川站①前旅馆里的女人阿部定作为犯罪嫌疑人予以逮捕。

这时的阿部定三十一岁,死去的男人是中野区②新井一饭馆的老板石田吉藏,时年四十二岁。

定是神田③一家草席店老板的女儿,从小就是白净的美少女,精通日本三弦和舞蹈,在神田一带是美女,很出名。但在芳龄十七岁时被年轻男人欺骗,失去贞操后又被抛弃。她后来干脆自暴自弃,在横滨当了艺妓,并辗转于大阪飞田的妓院区和神户之间。昭和十一年年初,她到吉藏所经营的饭馆当住宿服务员,随着相识相熟,她与吉藏的关系亲密起来,逐步发展到互相爱慕。吉藏的多张照片直到今天还留存于世,看上去是个相当不错的男人,好像性格也很温和。两个人难舍难分,在四月底到东京都内的多家旅馆姘居,曾从五月十一号起连续

---

①车站名,位于东京都品川区。
②东京都二十三区之一,位于东京都西部。
③地名,位于东京都千代田区。

四天住在"满佐喜"。

定被逮捕时,身上带着三份遗书,其中一份是写给吉藏的,遗书上说:"我最喜欢的您死了,您好不容易才属于了我,让我也去吧。"

定在受审时,讲述行凶的原因:"如果阿吉回到太太那里,就不知何时才能相见。我要把阿吉永远变成自己的,只有把他杀掉。"她把从吉藏身上切掉的东西洗干净后,用牛皮纸包起来,连同吉藏穿过的六尺漂白布做的兜裆布一并携带在身上。

定制造的这宗案件,在当时的社会上,由于其猎奇性而引起了巨大反响,定接受审判时,挤满了旁听者。审理之后,检事官请求处十年有期徒刑,而法院对此认定为轻微精神障碍引起的冲动杀人,按一般杀人罪处罚太过苛刻,故判处六年有期徒刑。

这时的律师辩护团陈述道:"吉藏有受虐狂的性格倾向,具有施虐和受虐两种癖好。精神障碍患者与受虐狂结合,在人群中仅占一千万分之一。定和吉藏的结合,实属阴阳凹凸、完全相融相合的千载难逢之巧合,是由于罕见的命运之神的恶作剧才诱发本案。"舆论方面对阿部定也极为有利。

这年的二月,日本发生了"二二六事件",迅速转向军国主义。从国内局势这个角度上看,这是相当高明的辩护和判决。

判决生效后,定被送往监狱服刑,后作为模范囚犯获得减刑,服刑五年之后,便被释放了。

据说她在战后一段时间曾到高级饭庄当女招待,上了年纪后风韵犹存,可能是为躲避口舌之害,不久便销声匿迹了。

美国的"阿部定事件"与之略有不同,是一个叫劳莱娜的二十四岁妻子切掉了二十六岁丈夫约翰·鲍彼特的生殖器。据丈夫供述,那天妻子要他做爱,他没答应,其后朋友来访,打断了妻子的求欢梦,于是恼羞成怒的妻子趁他熟睡之际切掉了他的生殖器。据说之前两人的夫妻关系已经疏远,不像刚结婚时那样卿卿我我。有人说丈夫婚外有女人,妻子出于报复等等。

妻子则供述:丈夫一直具有暴力倾向,自己经常遭受肉体和精神上的虐待。出事当晚是丈夫酗酒后回到家,想要胡来,因酒力发作未得逞,转身便睡去了。于是自己头脑一热,抄起厨房的菜刀就进了卧室……

法院根据陪审员的量裁结果,判决妻子劳莱娜无罪,但根据弗吉尼亚州法规定,劳莱娜必须接受四十五天的精神治疗。

说了这么多,相信读者已经明白,虽然日美两国都叫"阿部定事件",但具体情况截然不同。

虽然加害者都是女性,都是切掉了男性的生殖器,然而日本是情人,美国则是妻子。

一个是想独自霸占痴爱的男人而发展到最后的犯罪,剥夺了对方的生命权并想以死殉情。与此相反,美国女子则是出于对蛮横无情的丈夫的憎恨而痛下狠手,事后不愿承担罪责。

特别具有象征意义的是,一个对切下来的东西爱不释手,随身携带。而另一个则是将切下来的东西丢弃到路边,大有厌恶之意。

总之,一个是因爱而犯罪,一个是因恨而犯罪,看似一样的事,原因却不相同。

如果是男人,会更同情哪位女子呢?

哪一个都很可怕。如果非说不可的话,日本的阿部定比较浪漫,最终也算得偿所愿,是这样吧?

说起来,美国的事件相对冰冷和粗暴,而日本这边充满了细腻的爱。

我想说的就是这些。

碎尸案与厨余垃圾

无论对什么事情，人都是根据自身原有的经验、知识以及被灌输的常识，以自我为中心地进行思考。

当然，这无可指责。但是，如果仅凭这些成规来思考问题，就很容易犯下意想不到的错误。

最近发生在福冈的美容师杀人碎尸案件就是一例。

这个案件刚被发现时，人们根据碎尸的残忍程度及操作难度，推测应当是男人干的或是有男人参与，这是根据一般常识作出的推断。然而，结局大大出乎预料，竟是一个女子独自作下了这桩惊天大案。

其实这里存在思维盲区，事实上在只有一名女性的情况下，反而更可能做出碎尸这种事。

假如是男性作案，也许不会碎尸，他可以直接扛起尸体放进汽车的行李箱里。

话虽如此，一个弱女子能完成碎尸并转移尸块吗？有共犯的推断好像是由此而引发的。

答案是肯定的,这对我来说很简单。

因为我以前从医时曾在医学部多次做过人体解剖。

一般看人的外表,有的很高大,有的很矮小,有的显得强壮,有的显得虚弱。

然而,无论多么高大的人,都是由一块块骨头和内脏、五官、表皮构成的,分解到某个单元,就不是多么大。就拿骨骼来说,人有二百多块骨头,这些骨头被组合起来才形成一个人的骨架。

脊椎骨支撑着上肢和头部,但它并不是一根很粗的支柱,而是由近四十根小骨头重叠组合在一起,所以才能够向前后左右弯曲。

犯罪嫌疑人自述是用尖菜刀来碎尸的,现场没有锯子能用,用尖菜刀足以切碎。

手法是切骨头与骨头之间的关节。

就这一点,某医学部的教授曾说:"解剖尸体需要很长时间,不知道关节在哪里,就很难切开。还有刀具的使用问题,做一次乳腺癌手术需要近二十把手术刀,锋利的刀具很快就切不动了。"其实并非全都这样。

给活人做手术和切碎尸体完全是两回事儿。切割尸体可以齐刷刷地随意下刀,摘除内脏器官,只要切下一刀,其余部分就能用手撕下。四肢的大关节谁都知道,对准关节间的柔软处扎下刀去,就能简单地断开。

这和拆房要易于建房有点像。

要说难处置的部位,应该是头盖骨和脊椎骨,还有脊椎与骨盆连接处。但只要细心一点,慢慢找到易切处,马上就能一分为二。

人的骨头大小长短不一,一般认为最长的是大腿骨,完全可以装进大一点儿的旅行式手提包。内脏和肌肉等软组织放进塑料袋,和普通的肉块没有两样。

关键是要稳妥地、有耐心地一点点切碎,这一点恰巧适合女性。

当然,碎尸过程中要是觉得恶心不适也不行。一般切割脸部容易让人生畏,切割其他部位不是多么可怕。或许凶手在埋头于分尸之时,会再次涌起憎恶或好奇心,甚至很享受这个过程。

问题是切碎整个人体需要多长时间,要是粗粗分开,一般有两三个小时就足够。

还有就是怎样处理从切口冒出来的血。

关于这一点,有人说可刺破颈动脉先行放血。只要放掉血,处理起来就容易些。

不管怎样,擦除尸块上的淤血,以及清除喷溅到地板或绒毯上的血迹都很费事,甚至比分解尸体耗费的时间还要多。

这次事件骇人听闻的是包括死者头部在内的部分尸块被当作厨房垃圾扔掉了。

如果真是如此,那扔掉的部分永远找不回来了。

这是利用了现代垃圾处理法来毁尸灭迹,假如犯罪者这样处理掉全部尸体,可能就能实现完美犯罪。

最近东京推荐用半透明的塑料袋,以便能从外面看到垃圾内容,但是这能让类似事件在事前被发现吗?

答案可能是否定的,根本发现不了。

为什么呢?因为没有人敢于直接把人的首级放进半透明的袋子里,放入时会先用布或纸包裹起来,甚至会里三层外三层地包裹。一般不想让人看到的东西或让人看到觉得害羞的东西,都会预先包裹或遮盖,再放入半透明的塑料袋中,很难直接看到内容。

况且垃圾回收作业的速度极快,谁也发现不了内中的秘密。

故而犯罪嫌疑人充分利用这一点,为毁灭罪证,切碎尸体当厨房垃圾扔掉。

说起来可能荒唐,从东京都到地方自治体都可能在帮助杀人犯毁尸灭迹。

不幸中的万幸,多亏凶手这次把部分尸块丢在路上或橱柜里,其他部分埋在垃圾山中,否则,一具全尸就拼凑不出来了。

令人匪夷所思的是凶手为何将部分尸块扔在了像橱柜这样容易被人发现的地方。

可能是既想掩盖犯罪事实,又想夸示自己胆大敢为吧。

如果说这事残忍,那是很残忍的。凶手仅存的底线,是欲将尸体中最恐怖的头颅经垃圾处理之手彻底销毁。

不让人看到最残忍的部分,只剩这一行为还残留有一丝正常的感觉。

各花有各期

樱花总算凋谢了。

对于好不容易才开放的樱花即将凋谢,也许不能用"总算"二字。

今年自己想要在京都度过盛花期,又怕赶不上樱花初放,总有点沉不住气。

人们预计樱花会在四月八号前后盛开,自己就冲着这个日期制定了旅行计划,后来听说要延迟一段时间,遂决定过了十二号再去。

可是进入四月份以后,连着好几天风和日丽,气温偏高,樱花可能会如期绽放,还是周末八号前后前往比较好,就又恢复了原定计划。

结果从八号折腾到了十号以后,赏樱赏得很过瘾,只是感觉有点累。

大概可以把这种情形称为"赏花惹人累"吧。

 那个意中人,楚楚可怜常思念,赏花惹人累。

"赏花惹人累"不常作为季语使用,但一般说到花,都是指樱花,象征着春天的到来。

这里也表示樱花凋谢后的四月中下旬,是令人感伤和叹息的时段。

这里所说的"意中人",可能是指像樱花一样美丽,追起来又感觉很累的女人。如果你是男人,可能会有被一两个这样的女人牵着鼻子走的记忆吧。

人在午后的时刻,沉寂于樱花凋谢后的清静和倦怠之中,往往会思念起过去那让人费尽思量的女人来。

作者想要表达这样的心境,但又需要多作说明,这也许是拙作之所以拙劣之处。

老实说,看樱花凋谢确实令人感伤,但算不上很落寞。

樱花凋谢之后,枝头会吐出新绿,万紫千红的百花会竞相绽放。

前几天在宇治川畔看到了植于垂枝樱之后的柳树,弯垂的枝条上细细的嫩叶吐露着淡淡的翠绿。

似乎在追赶樱树一般,棣棠、踯躅、杜鹃、蔷薇、石楠、牡丹,种种好花,竞相开放。

这样便无须瞄准樱花的盛开期仓促出行,也不用担心樱花盛开之时遭遇暴雨或强风。

只要是在四到五月间,找个方便的时间去便可,百花正在如期等待你的观赏。

树木也会染上新绿。

只要怀着愉悦的心情去,新绿便在森林里默默等待着你。

看倦了樱花之后,映入眼帘的一片苍翠使人更加惬意。

由此想到了那些大方知性、不施粉黛的女性。

尽管不像樱花那样美艳、绚丽,却总能温柔地接受你。

无论什么样的男人最后都会输给这样的女人。

可是,近段时间,如绿树般默默等待的女子越来越少了。

以为她会等,去到一看,人早已不在。

常言道:不见方三日,世上满樱花。看来人要比樱花变得还快。

也可能对方事出有因,毕竟不能总遂愿于男人。

即使静心等待,也只是让浓郁的绿叶更加繁茂,树木更牢牢扎根于苍茫大地。

> 新绿缀满枝,纤纤女子血色浅,缠绵相厮守。

新绿尚淡雅,纤细而美丽。

不限于枝叶,凡稚嫩而新奇的东西都很美。

鲜花不用说,猫崽儿、狗崽儿、猪崽儿、狮子、鳄鱼等都是幼小时才可爱。人也是,年轻时朝气蓬勃,活力四射,穿什么都像样。

假如人在年轻时都不好看,那就太糟糕了。

四、五月间,无论是原野、群山,还是城市、乡村,处处充满活力,一片春意盎然。

然而,时光老人的脚步匆匆,苍茫大地很快被草木葱茏的浓绿植被所覆盖。

犹如肌肤白皙、亭亭玉立的少女,转瞬之间已嫁作人妇,腰身已经丰盈,身姿不再婀娜,忙于相夫教子……

从日本的历书《岁时记》上看,五月开始就是夏天。

因此,黄金周①前半部分属晚春,后半部分则属初夏。从五月就进入夏天,感觉还为时尚早。

大概是因为历书上五月六号立夏,到八月八号立秋,节气比实际体感大致要早一个月。

姑且不说历书。五月是"熏风微拂"的时节,绿树和鲜花都天真烂漫,令人想要挽留住即逝的春天。

在此时盛开的花朵中,最吸引人的是牡丹花和石楠花。

看到它们昂首绽放,便感觉到春色正浓,其实它们都是在黄金周期间盛开的,遗憾的是花开之处游客熙熙攘攘。

在人头攒动之处赏花和在清幽寂静之处赏花,情趣大相径庭。

前几天去过的高尔夫球场内空空如也,俱乐部门旁盛开的龙须海棠十分艳丽,花形也十分端正,偶尔路过之人却不驻足观赏。

五月绽开的花中,令人有点儿忧心的是芍药。

---

①黄金周:4月29日为日本昭和天皇诞辰日,后作为节日固定下来,5月3日为日本宪法纪念日,5月5日是日本儿童节,这几个节日加上前后周末组成的连续假期,被日本称作"黄金周"。

它的外观和牡丹相似,属草本植物,而牡丹属木本植物。

先不说两者叶形与花期的差异,芍药与牡丹相比,花色要艳丽一些,给人以轻浮和放荡的感觉。

如果把牡丹喻作成年女性,那么芍药就像一个"太过成熟的女人"。

这么说,便有了这样的一句。

夜中之芍药,妖艳沁心多放荡,唯有男人衰。(铃木六林男)

大概能够理解这种气氛。

也许五月是个百花盛开而阴盛阳衰的月份。

明暗之间的京都樱花

今年过了好久才观赏到京都的樱花。

以前写小说,爱以京都为舞台,故经常访问。但近年却很少在花季前往。

今年幸运,恰巧赶上了从染井吉野樱到垂枝樱相继吐艳的时段。

透过京都挂满枝头的樱花,可以窥见远山秀丽的背景。

盛开的樱花美艳宜人,无论开在哪里都一样。

然而,在喧嚣的都市里,在钢筋混凝土的高楼大厦之下栽植的稀稀落落的樱花树,开起花来却让人怜惜。

前些天在东京看到几株开放的樱花,其背后是拆除中的断壁残垣,无论花儿开得多么艳丽,都不协调不美观。

与之相比,东山群峰西麓上以松绿为衬托的樱花开得何其娇艳而美丽。

既然傲放于枝头,可能樱花也期望得到更多人的关切与厚爱吧。

同样是樱花,美艳程度却因地而异,可能意味着人的命运也千差万别吧。

在京都赏樱的好处是可以享受更长的花期。

市内的樱花开始凋谢之时,八濑、大原或原谷等地的樱花次第盛开,如果意犹未尽,可以再去花背,那儿的樱花树还含苞待放呢。

尽管是在同一市内,仁和寺的樱花要晚十天左右才能盛开。

一般与染井吉野樱相比,垂枝樱要开得稍晚一点。

不过垂枝樱也不尽相同,圆山公园和平安神宫的垂枝樱与市内的染井吉野樱花期大致相同,而贺茂川沿岸的垂枝樱开花则晚好多天。

这是因为环境温度不同呢,还是因为垂枝樱的品种不同呢?

我总觉得染井吉野樱开得太起劲、太奔放、太认真,有时真想大声招呼它:"再稍微偷点儿闲嘛!"

人世间也有这种恒久专一且倾心投入的女人。

全身心地为我投入,这当然是难能可贵的,但我却高兴不起来。说句奢侈的话:过犹不及。

话虽如此,如果彼此有所保留的话,又会感觉在敷衍了事。

总之,人是任性的动物。

这次在高台寺的庭院内,见到了京都最值得一看的樱花。

这座寺院是丰臣秀吉的正妻北政所出家后建造的,在今年庆祝京都迁都一千二百周年之际,开放了安置着丰臣秀吉夫妇木像的灵屋。

灵屋内的泥金画相当不错,据说庭院是小堀远州①设计建造的,庭院里植有一棵巨大的垂枝樱。

当然,巨大的垂枝樱不只京都比比皆是,全国各地都普遍栽植,不是多么稀罕,令人称道的是庭院入夜后,樱花在光照下的千变万化。

通常给樱花打灯光都是从侧方或下方一直照着,而这里的灯光先是会完全熄灭,让四周陷入黑暗。

漆黑的暗夜之中,微弱的灯光先是忽明忽暗地闪烁,依稀可见花团锦簇的樱树轮廓。接下来强烈的光束从四周投向樱树,显现出白昼樱花沐浴阳光的情景,当人看得入迷时,灯光逐渐黯淡下来,以至全部消逝,周围再次被深深的黑暗所笼罩。

总之,灯光不是一成不变,时而微弱,时而强烈,樱花时而现身,时而遁隐。

寺院的厨房正面浮现出"梦"这一文字,令闪烁在灯光下的樱花时而虚幻,时而妖冶,当光照微弱之时,"梦"字仿佛是一个美丽的女子披头散发地站立起来。接下来灯光全灭,樱花遁形,妩媚的女子逐渐化为残影,消失于黑暗之中。

这是梦幻。又好像意味着人的一生:荣枯盛衰,生者必灭。

这种光影的精彩之处源自光明与黑暗交替显现形成的鲜明对照。

有光就有黑暗。不,应该是有黑暗才有光,光给人类带来能量与希望。

---

① (1579—1647),江户初期的园艺巨匠。

然而，现在如此单纯而重要的东西似乎被人们遗忘了。

如今光无处不在，想要得到，就能够自由地得到。这个时代里明亮是理所当然的。

然而对远古的人类来说，光是重要的。因为光的难得，才畏惧黑暗，产生了尊崇神火的信念。

每年八月十六日举行的大文字山的送神火仪式，因为是在黑暗中的山野上燃火，显得特别壮观而神圣。

像当今京都的街头在五光十色的霓虹灯交相辉映下，焚山也失去了神圣的感觉。

现代人对于明亮已习惯过头，并将强光倾泻于樱花之上。

然而樱花最美丽的时候，是光照由暗转亮或由亮转暗的瞬间。

昨天黄昏时分看到的樱花就很美。

天色已不早，夜幕已降临，入夜时的樱花，在混沌中岿然不动，粉红色的花簇依稀可见，继而在朦胧的月光中投下倩影。

某餐馆的一个女招待欣赏过高台寺的樱花。她告诉我，之前曾把那儿的夜樱之美说给某中年男子听。

中年男子反问道："都喝掉的话，站都站不稳吧？"

她赶紧回答道："不是樱花酒啦。"接着又说："唉呀，不陪你去啦。"

白白失去了机会，真是可惜。

京都访源氏

我又来到了京都。

四月樱花盛开时,我曾经来过。再次到来是为了寻访有关《源氏物语》的场所。

同是来京都,集中到一个主题上作寻访,能开阔相关的视野,还是很有趣的。

本想在五月十五日去看看"葵祭",结果天公不作美下起雨来,只得顺延一天。

当日下午,雨稍有停歇,我便去了岚山,在那儿看完"三船祭"后,又去京都文化博物馆参观正在展出的"祇园祭大展"。

上次来时,在京都博物馆看过"王朝的美展",由此看到了平安时代的宝贵资料。这次的展览,公开展示祇园祭彩车上的种种珍宝,很值得看。

两场大展都是为庆贺平安朝建都一千二百周年而举办的,从历史意义上说,我奉劝诸位同仁即临京都看一看。

在琳琅满目的展示品中，稍稍令人感到惊讶的是，装饰彩车的染织品中竟有从欧洲和波斯泊来的地毯。

大约是十五六世纪的东西，可见当时的京都已经有了国际贸易交流。这东西现在能值很多钱，不知当时包括运费在内需要多少钱？

祇园祭的三十二辆彩车，都是室町时代制造的，所有权归属于所谓的町内会。目睹彩车上的绒毯，就会联想到当时京都商人的好奇心之强、财力之丰富。

当今波斯一带的人们听说京都有十五六世纪的波斯地毯，对产品的出处一脸怀疑，不相信那样古老的东西能保留至今。这也难怪。

他们是把绒毯铺在地上踩踏，祇园则是围在彩车上装饰。

踩在脚下和围在车上自然导致寿命不同，这边至今还有存世也不奇怪。

看到雨下得小了一点，我从东本愿寺，向东走穿过两个巷口进入了"枳壳邸"。

枳壳就是"枸橘"，这家别邸的篱笆墙就是由茂密的枸橘构成的。

这里的庭院叫涉成园，获得东本愿寺的许可就能入内，此刻几乎空无一人。

我入院之后，只见过一位中年女性来访。院内很清静，没有被修整过的模样，给人以荒芜、苍凉之感。

然而，庭院的中央有水池，池子里有岩岛，有涓涓小溪注入池子。池畔植有樱花和红枫，保留着日本为数很少的平安朝代的庭院风格。

过去这里曾作为左大臣源融①的别墅,在《源氏物语》中以"某院"的名号登场。可以认为源氏所住过的六条院应距此不远。

据说当时的枳壳邸是从现在的位置一直延续到鸭川的边上,东西至少有五六百米。六条院更大,约四町,换算成坪数是一万七千五百坪,出人意料的大。

源氏最辉煌的时候,自己的宅邸里住有四个女人。

在宅邸的东南建了春庭,住着紫姬;西南的秋庭住着养女秋好中宫;东北的夏庭,住着花散里;西北则以松树等常绿树种为中心建了冬庭,住在里面的是明石姬。

后来因为三公主的到来,邸内有四五个女人住在一起,源氏担心起来:怕是女人们碰了头,会吵个不停吧。

宅邸如此之大,各个庭院相对独立,即使多住几个人,也不容易碰面。

这方面不能凭当今百姓的感觉来考虑这件事。

何况源氏造宅邸庭院是为了厚赠发生过关系的女人。

可能有的女性认为:要是能轻易得到那样的庭院,情愿跟她来一次!

当然,此果并非人人可得,也有像紫姬那样因为哀怨而憔悴不堪的女子。

自己伫立于这个门可罗雀的荒庭中,耳畔仿佛听到了当年女子们

---

① (822～895),平安朝时代的公卿。

在富丽堂皇的府邸里发出的欢笑声和叹息声。

我寻访琵琶湖畔的石山寺也是因为与《源氏物语》有关。

这座真言宗寺院是根据圣武天皇的敕愿于747年创建的,寺中保存着包括国宝在内的许多重要文化遗产。

作为《源氏物语》的诞生之地,与寺院正殿相连接的中部东端有一间房,名曰"紫式部源氏之间",据说当年紫式部闭居在这里,开始撰写《源氏物语》。

透过这间房的窗口可瞧见濑田川边秀美的小山,写累了的紫式部想必经常眺望悬挂在山顶上的月亮。

现在的这个房间里,有手握着笔端坐在桌子前的紫式部的塑像,一掀开门口的竹帘就能看到。

为我做向导的鹫尾遍隆副座主对我说:"请进里面看看吧!"

既然他这样说,不妨就进里面看看,我仔细端详了穿着十二单[①]的紫式部坐像,在其旁边一坐下来,就透过窗口看到了披着绿装的山峦和暮色苍茫的天空。

想必紫式部每晚都从这里眺望月亮,构思小说吧。

我在这历经沧桑岁月、光线昏暗的房间里追忆过往,有个女孩边往屋里面探头边喊道:

"爸爸,这里面有个奇怪的大叔……"

---

①宫廷妇女的一种礼服。

说的可能是自己,我便移步到了屏风之后,继而听到她父亲的男人声音:

"哪里有人啊?"

女孩看到我站在紫式部旁边,或许以为是源氏复生了。不不不,既然她说奇怪的大叔,一定知道我是个访客。

石山多巍峨,吾愿式部还复生,共眺朦胧月。

作为"新手"的基因疗法

前几天,在东京都内举行了第七届"横河医疗·学生论文大奖"审查会。

这项活动的评审委员共三人,即东京外语大学的山口昌男教授、横河医疗系统公司总经理河濑晨一先生和我本人。

论文的题目每年一般是两到三个。今年是三个:《当今的男人味和女人味》《遗传基因与治疗》《关于就业的思考——日本型雇用》。

这些题目当中选哪一个都行,选择最多的是第一个《当今的男人味和女人味》。

参赛者身份全都是学生,年龄基本都在二十岁上下。

这种评审不同于小说审查,一看到学生论文,就知道现在的年轻人在想什么,对什么感兴趣,还有文笔流畅程度和文字组织能力等,会感到有乐趣,也会学到东西。

这次荣获大奖的是筑波大学的柴田奈津美同学。所选题目是《当今的男人味和女人味》。

这个题目选择的人最多,都觉得这是社会切身问题,可以轻而易举地写出来。但是,容易写的东西却不可以掉以轻心,一旦写起来,会意想不到地难。

这是一个谁都能写却常常写不好的标题。

"所谓的'男人味'、'女人味',只不过是在过去的时代被单方面强制的徒有其表的作态,被这种东西所束缚的时代早已经结束了。"

有人大摇大摆、没完没了地写这种事,其实这种事不需多说也早都明白,外加他们文笔拙劣,装腔作势,让人有点厌烦。

"不要拘泥于形象所赋予的'味',磨练个人意志、重视个性发展才是必需的",这样的主题会显得高级些。

如果是这种主题,要比前面的那些陈词滥调具有说服力,但还有点美中不足,没有进一步突破,缺少闪光的东西。

这次获大奖的柴田同学的论文中就有闪光的东西。

比方说,认为"'男人味'、'女人味'不在性别本身,而是通过文化所表现出来的一种个性",以及"'男人味'、'女人味'这一区别意识是形成过往的日本文化多样性的源泉",视野很开阔。然后下结论说:"像现在这样将'味'单方面地认定为恶而加以平等化,其实不是平等化,而是单纯的同质化,这会大量产生脸谱化的人物,进而会造成标准化的爱情。"

这一观点相当尖锐、深刻。

与前述的单纯认为"味"是一种强加于人的东西而予以批判的观

点相比,见解要深刻得多,视野也要开阔得多。

达五月(御茶之水女子大学学生)以同一题目所写的论文也是很优秀的作品,很可惜没获大奖。因为她自己跳舞,她认为"'女人味'中应该潜藏着与舞蹈表达相通的'温柔的力量',即'外柔内刚'",有效地发挥这一力量才能与优雅的"女人味"联系起来。这种见解非常独到。

与《当今的男人味和女人味》相比,《遗传基因与医疗》和《关于就业的思考——日本型雇用》这两个题目,只要学一下相关知识,查找一下基础资料,很容易写出像样的论文。

然而,无论怎样罗列知识或数据,论文还是需要坚持鲜明、独特的观点或有新发现、新见地。

比方说有人写道,关于"'遗传基因与医疗'这个问题,将遗传基因应用于治疗,是目无神明的亵渎,这种行为潜藏着将个体差异上升到人种差别的危险性",这种单纯道德批判或敲响警钟的论文,写的都是只要多少读一点这类书都能意识到的事情,从这种意义上说实在是很平庸。

当然,再稍微聪明一点的人,虽然承认遗传基因的重要性,但是会强调其应用于医疗的背后潜藏着各种问题,应慎重对待。这样就在看似有学识的基础上模棱两可,不表明自己的真实观点,让审查者搞不清楚他想要说些什么。

这大概就是"报纸的社论风格"吧。如果从学生时代起就学会逃避责任,更是令人堪忧。

遗传基因应用于治疗最重要的一点在于,这种治疗虽说有这样那样的问题,但现实中真实存在着只有依靠基因疗法才能得以医治的患者和因此日夜苦恼的亲属。

关键问题是怎样拯救以及今后如何减少此类患者。如果不深入到这个地步,即使论文写得再通情达理,也会流于无关痛痒之人的满纸空言。

这次在本题目下入选的山田佐知子女士(慈惠医大)的论文,将现在的遗传基因疗法视同为新取得驾照上的"新手标志"。

她认为新司机刚取得驾照独自驾车虽有危险,但要是永远不开的话,就会荒废之前所学。最后得出的结论是:新司机只要谨慎、稳妥地驾驶,就能逐步成为经验丰富的老司机。

这次的论文审查与选拔,自己一共读了二十篇,领略了学生们不同的学术水平和写作能力,也从中学到了一些东西。

论文作者中有脑子聪明的人,也有脑子略微差点的人,有很用功的人,也有不用功的人,有创造力较强的人,也有没什么创造力的人,等等等等,形形色色。

耐人寻味的是,所谓好大学出来的学生未必能创作出好的论文,他们貌似脑子好、知识储备多,但写的论文内容却很无聊。由此可以清楚看到学生吸收文化知识的能力和转化这些知识的创造力不是一回事。

下次再做评审,我想把没能上大学的年轻人所写的论文集中起来阅读一下。

母亲之死

今天(五月二十一号)早晨,母亲死了。

写下这句话,忽然想起以前曾读过类似的文字。

那是法国作家加缪写的《局外人》。

小说的开头与我写得相似:"今天早晨,妈妈死了。"

这部作品的主人公默尔索在阿尔及尔的海岸边接到母亲去世的消息,却没有马上赶到居于巴黎的妈妈身边[①],仍旧在烈日灼烤的海滩上与和他过夜的女性玩耍。

接下来他与经过沙滩的阿拉伯人发生争吵,并用枪打死了对方,最后受到法律制裁。

这是一部质疑所谓人类荒谬的名作,自己在学生时代如饥似渴地拜读过。

我是在早晨五点钟接到母亲去世的噩耗的,当时我住在能眺望湖

[①]原著中,主人公母亲死于距阿尔及尔八十公里的马朗戈的一家养老院,此处应为作者笔误。

泊的大津王子饭店的一个房间里。

接到噩耗之时,室外天色已经发亮,湖被薄雾笼罩着,只看到湖心的水面泛亮。

"母亲死了……"

我在心里嘟哝着,不想马上起床,而是放下电话钻回被窝,闭上眼睛。

麻木地过了几分钟,开始穿衣服、洗脸,告诉住在隔壁的S社编辑,自己要回东京,随后离开了房间。

此刻弥漫在湖上的雾开始消散,湖面折射出无数的灯光,明亮且静谧,令人难以置信。

我于六点前从旅馆乘出租车去到大津站,乘列车到京都,再换乘六点二十七分发车的新干线第一班列车"希望"号前往东京。

早晨的风很凉爽,从大津站发出的电车上只有几个人,我前方的斜对面坐着个个子很高的学生,他把很重的挎包放在一旁,聚精会神地捧着本文库本在看。

母亲死了,但是湖水、电车、乘客一如既往,都在迎接新一天的开始。

我目睹这一切,心里想:母亲即将回归到大自然中,慢慢走向那个没有烦恼和痛苦的世界。

母亲并没有特别严重的病。

只是心脏有点衰弱,伴有轻微的糖尿病。考虑到八十七岁高龄,驾鹤西去是无可奈何的事。之前因为她排斥药物,也没进行特别积极的治疗。

去年年底她因感冒拖延日久而住进了医院,体力大有衰减,虽然出了院,但并未全面康复,五月初再次患病把身体弄垮了。

原先母亲就讨厌去医院,轻易不说住院,一直和女佣人住在札幌老家的老房子里。但病故前这次住院却是她主动提出来的,让人感到很意外。从一年前开始,母亲每逢见到我,就一准会表达谢意:"总是承你照顾,谢谢!"

那个开朗而要强的母亲竟一反常态说出这般客气而仁慈的话,不禁让我担心起来,好像有种不祥的预感。

她住院前打电话也对我说"谢谢",我听到她上气不接下气,就安慰她说:"我月底就回去看你,要坚持啊!"万万没想到话后第三天就故去了。

死因是喉咙里淤痰而造成呼吸骤停,也可能是突发心力衰竭。她在深夜悄悄故去,死得很安详,连在一旁的女佣人都没注意到。看来她全身的器官都完全衰竭了。

从机体状态上看,死是无可挽回的,但无论是什么原因,作为家属都是难以接受的。

那天,我抵达东京后,又从羽田机场乘飞机到札幌,途中晴空万里,眼下一片新绿,生意盎然。

午后到了千岁,赶紧从机场大厅往家里打电话报到。

刚要像往常一样说:"我要吃饭啊……"话到嘴边又咽下了。

母亲已经不在了。再不能像过去那样,一到北海道,胃口就自然地张开,想要吃母亲亲手做的饭。

可能是因为没有重大疾病折磨的缘故,母亲的遗容安详而漂亮。

大概是称作"擦洗员"的一个三十来岁的男性很麻利地给妈妈换上了漂亮的白寿衣,又对面部精心进行化妆。

我初期的作品中曾有一部名为《死化妆》的小说。

描写一个儿子从医学生的视点审视死于脑瘤的母亲,与优先顾及体面和葬礼习俗的亲戚们产生了不可调和的矛盾。现在面对自己死去的母亲,对于死人化妆没有感到特别的反感,倒觉得很有必要。

这么看来,自己在那本小说中描写的家人之间的矛盾就有些过头了。

化完妆的母亲白净、丰腴,皱纹也不明显,显得年轻而端庄,看着像四五十岁。因近年来母亲一直以苍老的面容示人,此时此刻她的面容显出少有的光鲜和靓丽,有点栩栩如生的感觉。

注视着母亲那变得好看的面容,不知何缘故,眼前又浮现出死去近三十年的父亲的面容,想起了自己当年上小学时的情景。

这么看来,母亲当年有这般容貌时,父亲尚健在,我还是个小学生。

整理完遗容,收拾好衣装后,母亲的遗体被静静地敛入棺内。

接着放入母亲喜欢用的表、梳子和假牙等,我特意在母亲身旁放了一本自己写的书。

这本书是去年秋天出版的,书名叫《风云系列·母亲来信了》,并在扉页上写下这段文字:

  献给母亲大人 翠女士
  谢谢您给予的厚爱!
    淳一

原先曾在很多书上签过名,但是签母亲的名字,这是第一次,也是最后一次。

母亲死后

母亲去世转眼一周了。

上个星期六接到噩耗,匆忙从东京赶到札幌,至今头七已经结束了。

我作为丧主,从灵前守夜到丧葬仪式,一直忙于大小琐事,确实是匆忙的一周。

写给献花圈或发唁电的人的感谢信还没寄走。

不是诉苦,确实原先不知道丧主这么忙。

当然,这要看你怎样去想,也许忙前忙后比沉浸在悲痛中要好。

等我逐渐从繁杂事务的忙碌中摆脱出来之后,母亲去世的哀痛也许会渐渐涌上来。

令人不可思议的是,七天来一次也没梦到过母亲。

听说人在咽气的瞬间,亡灵会去寻找至亲的人,但母亲没有这样的迹象。

我之所以说不可思议,是因为父亲也是在早晨五点钟左右时故去的,当时在同一时刻,我突然从烂醉后的沉睡中醒来,并想起了父亲。那会儿以为是口渴了,后来才领悟到是冥冥之中的父子情缘使然。

当时恰逢自己在外面过夜,怎么也想不到父亲会突然辞世。醒后就想:不知父亲现在什么情况,回不回家看看呢?思来想去,又睡着了,导致父亲临终时没能陪在身旁,留下了终生遗憾。

这已是二十八年以前的事情。当时因为自己年轻懵懂,经常和父亲闹点矛盾,不识规矩地顶撞他。

应该对他再稍好一点儿,不至于留下这样的遗憾。我通过父亲的死重新认识到自己的愚蠢,心灵受到了很大触动。

要说这次母亲过世没受触动,那是撒谎,但与父亲亡故的冲击相比,要小得多。

父亲的死使我多次反省自己。从那以后,我格外地善待孤身一人的母亲。

子女对父母尽孝是没有止境的,比起对父亲来,对母亲做得还算不错,母亲对我某种程度上也很放心。

母亲死前没来过我这里,可能是出于放心的缘故吧。我没梦到母亲,可能是自我感觉在母亲生前尽到了一定孝心吧。

就这样解释没梦到母亲的原因吧。

在上次的随笔中,自己把给母亲化妆收殓的人称作擦洗员。负责本栏目的 K 先生给查了一下,才知道正确的称呼是入殓师。

有位专门从事这项工作的青木先生曾介绍说：

"所谓的入殓师是指从事用酒精擦拭尸体，给其穿法衣、调发施妆、佩戴念珠到入殓等一系列工作的人。"

好像不需要经过国家考试就能取得资格，但要具有一定的宗教、法律知识，尊重民间风俗，维护逝者尊严。尤其当遇上尸体浮肿、变形、四肢不全者时，是一项很费神的工作。

入殓前还要给死者做最后的装扮，这事看你怎样去想，也许比给活人化妆还要麻烦和为难。

父亲亡故时初有感受，如今母亲又仙逝，就觉得庇护自己的一道墙被彻底拆除了。

父亲死时，我三十三岁，感觉无情的风浪直接撞击了自己的人生，茫然而不知所措。

特别是父亲亡故后，自己自然成了户主，从一家之主的分内工作到与邻居交往，外加婚丧嫁娶等一应琐事，一下子涌到了自己面前。

在现实中接触到家庭事务，才体会到父亲的艰难，真实地感受到父亲的重要性。

这次失去母亲之后的感觉，与当年失去父亲略有不同。

可能失去父亲年岁已久，如今没有世间俗事扑面而来的那种感觉。

也许是我自己也上了年纪的缘故，感觉母亲去世以后，大概下次的死亡就该轮到自己啦。

如果单纯从年龄上考虑,这是很自然的事。如果有比自己大许多的父母在,就会误以为自己很年轻。

即便没有明说,但总感觉自己来日方长。从顺序上说,先是父母亲离世,然后才轮到自己。

在这种意义上看,母亲之前是以血肉之躯面对死神来保护着我。

现在母亲去世,最令人感到遗憾的是,再也无法尽孝了。

无论是好的父母,还是不好的父母,只要父母在世,就能奉献孝心。

而没有父母的孩子,不管你怎样心存孝义,都无法表达。

有父母并孝而敬之,没有比这更让人安心的事,但并不是所有人都能做到,也不是所有人都有机会。

能够享受孝敬父母这种乐趣的人,应该感谢上苍。

因果的循环

人的死亡基本都是某一天突然降临的,不能预知。可人的愿望往往是想拖后些或提前点。

这次母亲的去世也是如此。

母亲是五月二十一日即周六去世的,遂决定周日晚上临时守灵,周一正式守灵,周二即二十四号举行遗体告别仪式。

亲戚们都没有异议,但在决定之后,发现了自己有点麻烦事儿。

每周一是本随笔专栏的截稿日,每月的二十四号是《文艺春秋》连载小说的截稿日。

本随笔要求不超过七张纸,连载小说要求三十张左右。除此之外,讲谈社预约出版的随笔集样稿交付日也临近了。

姑且不谈近期的写作量有多大,关键是写与谢野铁干和晶子夫妻俩的传记性小说需要进行相关的采访,取得第一手资料。

决定葬礼日期之时,脑子里只想着母亲的安葬,完全忘记了写稿子的事。应付这种突然的变故,本应预先有思想准备,尽量提前写稿,然而自己自由散漫惯了,总是临阵磨枪,不留周旋的余地。

此刻才发觉不妙,但为时已晚。

原先的大部分随笔或报载小说会在旅途中写,但需要参考资料的东西不能轻易下笔,一般是在自己家的书房里边查阅边写作。

回札幌之前,曾顾及到截稿日期的事。安葬母亲虽为第一要务,写作的事情也得兼顾,必须想方设法在服丧期间抽空写稿子。同时又担心:在举行隆重的葬礼之时,能写下去吗?心里感到惴惴不安,但不管怎样,先把需要的资料塞进提箱,乘飞机回到了札幌。

因果循环的事情多种多样,写小说也许是其中的一个。

回到札幌的老家,看到母亲的遗体已经从医院拉回来了,吊唁者络绎不绝。自己不可能一边应酬客人,一边写稿子。

没办法,只能见缝插针,便在常住的公园旅馆订了个房间,深夜去那里写稿子。

周日晚上临时守灵之后,自己去旅馆写好了次日(下周一)截稿的本杂志刊载的随笔,并于周一即二十三号傍晚交给了责任编辑K先生。

"是今天写的吗?"

K先生露出略带歉意而又满意的神情。他是特意来札幌取稿的,我按时交付了稿件。

这篇稿子主要写的是自己接到噩耗前后的概况,刊登在了两周之前的专栏上。

到这儿事情发展还算不错,可第二天即二十四号,已到了大型月刊杂志的截稿期限。

根据以往的经验,拖一天也无妨,但即使这样,写稿时间也只有两天半,且是在守灵和举行告别仪式期间。

把这些事情全都处理完,还能写出三十张纸的稿子来吗?

思来想去,觉得怎么也写不出来。

还是向杂志社求个情吧!于是,我对责编A先生说希望这个月暂停连载,但被他当场拒绝了。

理由是:要是作者本人患急病,那另当别论。因为作者母亲死了,就要暂停连载,有点说不过去,杂志社也不好向读者交待。自己抱怨对方有点太过严厉,但事后想了想,他们也情有可原。

参加舞台演出的演员在票已售出的情况下,无论是父母过世还是有什么大事发生,都不能停演。

责编A先生可能对当场拒绝我感到不好意思,便让步说:"写的比平时少点儿也没关系。写十四五张纸就能说得过去。截稿日期可拖到二十七号。"

要说十四五张纸,只是平时交稿量的一半。看来对方已作出了相当大的让步,而且交稿期限又给延长了两天。原先说二十五号交稿刚刚能赶上审定排版,现在竟然宽限到二十七号。

因为家中意外又引发工作意外,真让人发笑。

先不说其他,对方做出了这么大的让步,我不能再不知趣。

二十四号举行完告别式后,我们姐弟又去火葬场捡拾母亲的遗骨,接着设宴招待亲戚和前来帮忙的人。

其后,我一个人回到旅馆的房间,坐到桌子前,铺开稿纸。

想要下笔,但母亲的音容笑貌在脑海中挥之不去,怎么也写不下去。

同为丧失父母者,看来这时候写小说要比参加舞台演出更痛苦。参加舞台演出可以和其他演员互动,容易实现角色转换,尽快入戏。写小说却要独自闷在房间里冥思苦想,有时脑筋不转弯。

尽管这样说,但要在舞台上表现炽烈浪漫的爱情或惹人捧腹的滑稽剧情,也许表演者的内心会更加痛苦。

二十五、二十六号两天,我一直待在旅馆里写个不停。

当然,写累了也时不时回到家里,处理与葬礼有关的各种事情,然后再回到旅馆。

殡仪馆的人专程找到我,要求把写给献花圈或致唁电的人的感谢信草稿确定下来。

我只好简单推敲出"托您的福,葬礼顺利结束了……"的文字和内容,继而埋头写起稿子来。

还有人打来吊唁电话。

"太不容易了。请您节哀,不要灰心,要加油啊……"

电话那头温柔地鼓励我,但现在不是我灰心的时候。

但我又不能说:"现在正赶写稿子……"只好接着话茬说"谢谢",借机挂断电话,马上再坐到桌子前。

之前自己写小说有时写得好,有时写得不好,但作为专业作家,再差也要写到六十分及格。

一边这样告诫自己,一边奋笔疾书,一直写到深夜。写累了,妈妈的音容笑貌又浮现在眼前。

"这么说,妈妈死了……"

一步回到现实中,哀伤又涌上心头。但我无暇沉缅于此。

终于在二十七号早晨,写好了章回结尾,随后用传真发走了。

责编说写十四五张就行,我却一口气写了二十二张,可能是母亲保佑我吧。

不写红宝石，而写绿宝石

最近我一直忙着改写小说。

也许有人会感到纳闷：出版过的东西为何要改写呢？实际上，若把连载过的东西改编成单行本，经常要反复地做修改工作。

这次是把去年在报纸上连载过的东西改成单行本，做的就是同样的事。

虽说连载时好好写就用不着修改了，然而远不是想象中那么简单。

首先报纸作连载时，读者一次只能读到一个章节，要让读者读完一章就能一定程度上满意。这就必须要加上一些东西，以突出重点或通俗易懂地说明前后关系，甚至进行必要的重复。

而对单行本来说，读者一般是一口气读完的，或是用短短几天时间读完，阅读节奏完全不同于连载时。

为了理顺和订正，必须做一定的增删和修改。

好像我本来就是个爱修改的作家。

之所以说"好像",是因为这是责编以及很多其他人这么跟我说的。

从初稿到校样,再到定稿,期间我总要反复地做多次订正。

其实随笔连载时也要订正两次。

老实说,这也是让编辑头疼的事。如果自己从一开始就提交完整的成品稿件,中途不用校正太多,即使有修改,如果只是"着、了、过"这种,字数也无大变化的话,麻烦编辑的情况会很少。

要能做到这样,我当然愿意,但很难做到。

最大的理由是时间太过匆忙,只能草草写就,便马上就要交给编辑。

如果在这之前仔细推敲一遍,改利索了再交就行,但自己却没有这么干。

为何呢?只能说是性格使然,外加常年养成的习惯。

小时候参加考试时,常被监考人提醒好几遍:好好检查答卷,确认无误后再提交!而自己置若罔闻,写完看也不看,直接交卷。因而导致自己失败过多次。

对此,自己曾经深刻地反省,但还是没有改正过来。

对于"爱修改",请允许我辩解一下。校样时自己写在稿子上的字变成了印刷用的铅字,感觉有点生分,下一步再印刷和装订,感觉又有变化,导致自己在每道工序上都想修改。

而且用校样修改时,变得容易阅读,改起来也流畅。

此事说来理所当然,也可以说这个逐渐完善的过程令人开心。不过自己的拖沓和"爱修改"让编辑厌烦也是事实,曾被人挖苦说:"这次修改是大动筋骨吧!"

话说回来,本次单行本责编订正后的校样比较可怕,比以往作品的订正之处都多。

责编 R 君说:"基本上都是重新写的。"这个说法名副其实。

尽管这么说,内容却没怎么变,基本上还那样,真是有趣而奇妙。

现在到了最终的紧排阶段,我正为在主人公"东子"的名字上注哪一个假名而烦恼。

为了防止误读,应当注上假名。但每次都标注,就觉得烦,曾考虑只在初次出现时标注,又恐怕读者很快忘记。

也许有人认为我在为无聊的事所纠结,其实这种小事情格外让人担心。

思来想去,最后决定主人公在各章初次登场时假名注音,旁边写上"toko←小字注音"。事后却又担心起"小字注音"这个词的应用来。

到底为何把附在汉字旁的平假名称作"小字注音"呢?

觉得不可理解,就查了一下辞典,辞典上只注释为"注音假名用的小铅字"。

并在下面用英语标着"ruby",原来这是和"红玉·红宝石"的英文一样的拼法。

由此而弄明白了,在过去英国的印刷业界,宝石是铅字的代名词,并以宝石的具体名称表示铅字的大小。比方说,6.5 磅的铅字叫"绿宝石",5磅的叫"珍珠",4.5磅的叫"钻石",以此类推。

其中的"红宝石"是5.5磅,这般大小的铅字用于"注音假名小字号"的情况最多,因而不知何时被专用作"小字注音"了。

我终于理解了词义,原来有着深刻的历史渊源。忽然又想起了责编R君最近成了老花眼,干脆就此搞点恶作剧,戏弄他一下,就故意写成:

"toko ←绿宝石"

期待着他下次校正时,看到这个词会提出什么不同意见。

"现代"酒馆

小樽有一家叫"现代"的酒馆。

这是战后不久即昭和二十二年(1947年)开业的酒馆,是小樽的晚上不可或缺的知名酒馆。

我以前住在札幌时,曾去过两三次。时至今日,已好久没去了。

前几天,"伊藤整文学奖"颁奖仪式在小樽举行,我应邀做纪念讲演,晚上在小樽下榻,躺在床上想起了这家酒馆,便起身去看了看。

上次去是在昭和四十年(1965年)初,至今已过去了二十五年。我缓步走入酒馆,但见店貌并无多大变化。

靠近道路的是带顶棚的门,进里面才是豪华的和式结构的正门,门口上方的红色霓虹灯闪烁着横写的文字:"Cabaret Gendai",与过去的样貌毫无二致。

比门槛略高的地板上整齐排列着酒桌,深处是美国西部电影中经常出现的古木柜台。

坐下来仰头看天花板,当代少见的吊式风扇仍在慢慢地旋转。低下头来,墙角置放着的带喇叭状麦克风的老式留声机迅即映入眼帘。

酒馆共有三层,呈 L 型分布,在二层下方的略低处,是被间隔开的、左右分布的多个雅座,雅座被红光所映照,让人觉得妖艳。

雅座前部中央有乐池,有备有大鼓和钢琴的乐队,乐池前有空地。客人要是愿意的话,可以随着乐队的伴奏唱歌,也可以在空地上跳舞。

女招待约有十七八个,都在热情地欢迎宾客。

在过去,小樽是比札幌还要繁华的城市。

起初是因盛产鲱鱼驰名,后来则成为与俄罗斯和库页岛交流物资的贸易重镇。

"现代"酒馆曾经是这繁华之地的夜间社交场所。这次想要写这里,不仅仅是出于乡愁。

隔了二十几年再次来到这里,令人感到惊奇的是,女招待多是在酒馆连续工作了十到二十年的老员工,据说平均年龄超过了六十岁。

有些男人只要看到女性年轻就高兴,而这里却聚集着众多年逾花甲的老太太,是夕阳红的风景。

令人钦佩的是,这里的女招待基本上都是做义工。

在这个时代,没有工资收入怎么能生活下去呢?从侧面打听了一下,得知这些人基本都有养老金,生活没问题。

而且还能多少得点儿小费。

当然她们没有银座或薄野那些高端女招待年轻和漂亮,小费没有那么多。

有的大妈虽穿着漂亮西装,但脸上皱纹凸显,体态也走了样,不是发胖就是佝偻。

离那种"佳人相伴,一夜销魂"的感觉相距甚远。

可是她们却很开朗,没有顾虑,只要你邀请,她们就不厌其烦地陪你跳舞。不,就是没人邀请,她们也往往会说咱们跳舞吧,把你拽出来。

她们人生阅历丰富,说话也有趣,了解很多情况,能让你有所收获。

还有个好处是,对方再热情洋溢,男人也不会想入非非,也不用瞎打听哪个姑娘是谁的女友等等,可以静心和专注地喝酒。

即使只有两个人在封闭的雅座里交头接耳,也没人介意。

如果领着女性来,或与太太结伴来,也无需担心什么。反倒是因为女招待上了年纪,易于和太太投缘,更能融洽相处。有的客人说,男性和男性之间,在这种地方可以自由自在地想说什么就说什么。

陪在我身旁的女招待约有六十四五岁的样子,体形有点胖,比较健谈。我一边和她跳舞,一边了解其家庭状况。她丈夫已经去世,两个儿子都已独立成家,自己靠养老金悠闲地生活。

她说在店里工作很舒适,已经干了近二十年,每天傍晚来店里。来之前会在家化好妆,穿上西装,无需顾及晚上会遇到什么样的客人。这份工作让她觉得自己尚年轻,更有益健康。

这天晚上,作家小川国夫先生和黑井千次先生也到了这儿,因为聚餐的人数超过了十名,我便问当地的向导西条先生:

"人这么多,算账没问题吧?"

他沉着地回答说：

"请不要担心！这儿平时是一人五千日元，今天咱们人多，一人三千日元。"

何等便宜，何等舒适！

想来是免去了女招待的服务费，才会有这样的优惠。仅仅为了栖身在这种古老而优雅的建筑之内，沉浸在新朋老友酒酣耳热的欢快气氛中，这里就值得一来。

更重要的是这家酒馆人性化的经营方针。它们优先雇佣老年人，从而让客人和雇员都能满意。

厚生劳动省为了推进今后的老年人雇用政策，应该表彰这样的店。

募捐演唱会随想

前几天,我有幸参加了某电力公司举办的募捐演唱会。

这场演唱会的主角是个年纪稍大、曾推出过畅销金曲的女歌手,演唱得非常成功。观众基本上都是年纪较大的大叔、大婶们,其中大叔至多有一成。

第一次参加这样的演唱会,自己在会场的角落里蜷缩着观赏。这次不是想写演唱会有多精彩,而是想写自己在会场入口处目击的情景。

顾名思义,这场演唱会是募捐演唱会,本来就不收门票。

根据主办方安排,在会场入口处设募捐箱,进行现场募捐,入场者凭个人意愿捐款,多少都可以。平时听这个级别的歌手演唱会,门票费至少要四五千日元。这次的所有捐款,均用于向残疾人赠送轮椅和人行横道安全装置。

自己考虑到随身携带的现金有限,往募捐箱里放进了三千日元,顺便观察着周围人募捐的情况。女性平均捐一千日元,也有捐两千日元的,而男性以捐两千日元的人居多。

这是男人的经济观念淡薄呢,还是爱"显摆"的人多呢?总之,男性似乎比女性要慷慨。

因为是募捐演唱会,捐款多少都没关系。我站在附近继续观察,见八九个着装相当讲究的大婶结伴走向募捐箱。

乍一看像是一群无所事事的阔太太,便不由得产生了好奇心,看她们能捐多少。只见她们像是预先商定了一般,每人投了一枚一百日元的硬币。

投一百日元也是捐款,募捐演唱会捐款自由嘛。

没有理由对她们横加指责,但一百日元实在有点太少了。

待在募捐箱前的年轻女性仍向这些大婶们鞠躬致敬:"谢谢!"

没有人知道这些大婶们内心怎么想的,绝对没有人会去效仿她们。她们以"过马路大家都闯红信号就不算违章"的心态而无所顾忌,让人感到很扫兴。

演唱会开始后,这些大婶们的行为仍萦绕在自己的脑际,久久挥之不去。演唱会结束后,我去了同一座楼上的西餐馆,看到这群大婶也在里面。

她们围坐在一张桌子上,享用相当高级的法国菜,一边喝葡萄酒,一边热闹地闲聊。

今天她们所做的这些事情在法律上没有任何问题,但是在道德上很难站得住脚,某些地方不合适是确凿无疑的。

在此要突然变换一下话题。以前在洛杉矶发生了两个日本留学生被枪击身亡的事件。当地警察局可能照顾到日本人的感情,异常迅速地报道说,已经逮捕了被认为是犯人的西班牙裔美国人。

报纸上还说,事件发生一周后,相继有数百名市民到位于圣佩德罗地区的事件发生地举行悼念集会,为两个留学生祈求冥福。

并说以此为契机,全美兴起了"让被暴力腐蚀的美国社会回归正常"的群众运动。

后来,两个留学生的父母抱着儿子的骨灰回到日本。其中一位父母用颤抖的声音对接机者说:"我一直在噩梦里徘徊,如今儿子终于回到了自己的故乡。我想要继承儿子的遗志,但无论以后做什么,都再也见不到儿子了。"

被害者本人死于非命,其家属内心的悲凉只有当事人才能感受到。

父母失去了正值华年的儿子,今后一段时间,不会轻易地回归到平常的生活中了。

我因此曾经考虑过一件事,假如能如我所愿,那就再好不过了。

那就是在美国向急需的病人提供脑死亡状态的留学生的内脏器官。

可能有人要说,留学生是被美国人杀的,怎能给美国人提供器官。确实如此,要求守护在濒死儿子身边的家属这样做,有点太过残酷。

然而,如果能超越国界,放下恩怨,救他人于垂危,该是一件多么美好的事情啊。

救治两个留学生的医院已经宣布两人均处于脑死亡状态,全凭生命维持装置而活着。

这一告知明确彰示:撤掉生命维持装置,他们马上就会死亡。

事实的确如此,两个留学生在被撤掉装置后便相继死去了。

在美国,脑死亡患者家属通过移植协调人申请提供内脏器官者不计其数。

预先声明一下,我并没有责怪两个留学生的父母的意思。我也知道在脑死亡患者内脏器官移植尚未得到普及的日本,这是一个让人难以接受的做法。

不过,出于现实考虑,假如脑死亡患者逃脱不了死亡的结局,把内脏器官提供给需要的患者倒也不失为一件好事。

如果这样做,淳朴的美国人一定会感动,反对枪支的运动热情会更加高涨。

之前有不少日本人在美国接受过内脏器官移植,得到过很多帮助。

在内脏器官移植的技术领域,我们一直承蒙美国人的好意。

并不是说因此就怎么样,但假如两个留学生的内脏器官救治了饱受病痛折磨的美国人,他俩的死也许会有更加伟大的意义。

体验的传承

今年日本的战败纪念日又要到来了。

很多人把这一天改称为终战纪念日,这是错误的。无论怎么变换说法,八月十五日是日本战败无条件投降日是毋容置疑的。

每当这一天到来,战败前后的状况就会通过铅字回顾一番,或再现在荧屏上。

无论战后怎样延续了和平,生活变得多么富裕,都不应该忘记战时的痛苦。正是出于这种考虑,我们一再地纪念这个日子。

五十年前的我们和我们的父辈经历或目睹了战争的残酷与无情,这一历史事实是永远不会被抹去的。

从历史中吸取经验教训,维持国家应有的状态,端正人们的思想认识,这也是最好的教材。

把这些经验教训正确地传递给下一代,应是体验过战争苦难的人的责任和义务。

然而,即使把这些事情怎样反复讲,怎样热心地加以说明,也未必会正确地传承给下一代。

经验和传承完全是两码事儿,不是有经验就能传承下去,也不是说下一代不继承就不好。

有切身体验而不能传达给别人的事情不计其数。或者说没法传达体验的事情占据了压倒性的多数。

理由很简单,因为体验是用身心真实地感受,而传达或传承则是靠智慧来总结,靠口笔来展示。

一个是作为感受镌刻于肉体,一个是作为知识输送给大脑。

如果说体验与知识哪一个对人的影响大,不用说,体验要强得多。

用大脑获取的知识,在镌刻于身体的感受面前,常常失去说服力。

过去知识分子被轻视、被嘲笑的原因可能就在这一方面。

不,也许现在仍然如此……

总之,体验也只有亲身体验过才能传达。

无论是战争体验,还是痛苦的体验,既然不能在相同条件下获取同样的感受,就很难恰如其分地继承它。

即使有的人想象力丰富,擅长共情,也只能在读书或观看影像的瞬间接近真实的感受。

打比方说,通过胶片看到纳粹的大屠杀场景或军队野蛮烧杀掳掠的事实,也只是在观看时感到恐怖或气愤。在离开电影院后的很短时间内,便会被卷入现实生活当中,享受和平与富裕的日子,胶片展现的影像已逐渐模糊以至忘记。

如果大屠杀场景没完没了地重现,军队的暴行一直充斥于荧屏之上,恐怕人们就沉不住气了。

瞬间和持续让人领会到的分量截然不同。

如果是瞬间倒可以忍耐,持续则很难忍耐,可能导致各种异常情况的发生,比如发狂或自杀。

别说人类互相残杀,即使父亲在家责备儿子,一次两次尚可忍耐,如果每天用同一个调门儿没完没了地絮叨,也许孩子会忍受不了,杀了父亲的心都有了。

瞬间与持续的差异,有时无法用文字或影像来表达。

在持续讲述战争苦难和体验的人们当中,最具悲剧色彩的可能就是从军慰安妇。

的确,她们作为日本帝国主义的牺牲品,经受过无以言表的悲惨体验。

这种事肯定是历史的悲剧,而更悲哀的是其惨痛经历随着她们的衰老和离世,会愈发无法得到公正的对待。

这么说也许不礼貌,她们已经都是七十岁左右的老太婆,满脸雕刻着饱经风霜的印记。

一般来说,衰老会让人的处境愈发悲惨。被遗弃在库页岛的被侵略国的日本雇佣兵也在以苍老的面容和龙钟的体态哭诉五十年间的悲苦,听来使人心酸和悲伤。

然而更为不幸的是,慰安妇的情况与他们还有所不同。

假如她们很年轻,是被日军强行带走的二十岁左右的纯真可爱的姑娘,可能其悲剧性会更强,其经历也更让听者揪心。

打比方说,一个十七八岁的天真少女某一天突然被日军官兵逮住,接下来会连续不断地遭受凌辱。如果含泪诉说其经过,哪怕是日本人听了,也会为日军的凶残而震怒,为她们所遭受的蹂躏而流泪,甚至会当场起立说"应当报仇"。

但无奈的是,如今她们老了,不再如年轻女子那般引人关注,她们的悲惨遭遇便更加难为人知了。

不要误解,我在这里并不是说过去的慰安妇已经老了,不值得再同情。非但如此,我认为从军慰安妇是日本军队过往的黑暗和罪恶,作为悔罪,应该向每一位女性受害者支付一定的赔偿金。像政府提议那样设立亚洲交流中心,实际是无的放矢,对她们毫无意义。

这一点姑且不再说,还是说一下正确传承体验的事。

体验确实会随着岁月的流逝而风化,这在某种程度上说是不可避免的。然而,有的东西必须要传承,战争和战败体验等就是其典型,尽管这些东西会随着岁月的流逝而不可避免地风化。

实际上,现在诉说战争体验的人,是否正确地理解继承了父母或先人传下的明治或大正时代的体验及经验,也值得怀疑。

谁都无法完整地继承前一个时代的东西。

如果有什么是尽管知道这一点,但依然要传承下去的,应该就是战争的体验。

抓住九月的机会

炎热终于告一段落了。

东京甲子园的高中棒球联赛结束之时,炎炎盛夏也就结束了,仿照着"棒球之夏结束了"这句话,大概可以说"炙热一夏结束了"吧。

无论夏天多么炎热,换季之后温度也要下降。

话虽如此,今年夏天可以说是格外地热。

天热得几乎可以刷新全国各地气象台、站的历史纪录。太阳、风和人好像都固化或屏息了一般的日子,持续了相当一段时间。

在酷热难耐的情况下,人们即使呆在家里也什么都不想做。

写到这儿,忽然想起一件事来。

很早以前,自己从书上看到过"夏天难孕"一说。

这是怎么一回事呢?

首先想到的就是:天热得人喘不过气来,自然就不想做那种事儿,因此,女性怀孕的机会就减少了。

如果是这样,倒通俗易懂。

然而,书上讲的好像不是这种单纯的缘由,而是有关于精子数量变化的科学根据。

于是,再次翻书查阅,总算找到了。

其实书上的介绍并不新奇:据昭和医科大学的吉田英机教授研究,一毫升精液中精子的含量会随着季节而变化。

一年当中每毫升精子数量最少的是六月,约九千万(也许正确的计量单位是"匹",但这太过形象了,就只说数字罢)。

相反精子数量最多的是九月,约两亿,接下来,十月是一亿九千五百万,四月则是一亿九千万。

当然,一次射精大约射出三毫升的精液,精子总量应乘以三。

不过,精子群中有不少虽有生命却无穿透力和生命力的个体,除去这些不能完成受精使命的精子,有较强穿透力和生命力的"骨干"精子,九月份最多,约一亿九千万,接下来十月和四月也比较多,六月依然是最低,约为九千万。

将最多的九月和最少的六月相比较,总量有近两倍的差异。

七月接近于六月,总量也很少,而且这种现象不局限于人,牛或猪等动物也一样,因此民间有"夏季难孕"之说。

这么看来,夏季难以怀孕,不能断言完全是天气炎热的原因。

只要是有活力的精子数量少,无论天气炎热还是寒冷,无论怎么努力,都难以制造出新的生命。

当然,也不是说六月精子少就肯定不能怀孕。

如果是正常的男女,即使精子数量偏少,也完全有怀孕的可能性。

前面列出的科学依据,只是表明男性生殖机能的变化,不能被花花公子拿来滥用,用来说"我们在六月发生的关系,不是我的孩子"这种话,那就麻烦了。为了慎重起见,我再补充一下。

与六月相比,九月精子数量倍增,所以说秋天是个怀孕的好时机。

据说现在女性不孕,男方的原因占到一半,这一数据不能不当回事儿。

对于没有孩子的夫妇来说,九月正是努力的时候。

常言道"秋高气爽",秋天万物充满活力,也许连精子都生机勃勃。

如果九月妊娠率高,来年六月所出生的孩子数量就多。

反之,如果六月妊娠率低,来年三月出生的孩子数量会少。实际情况是这样的吗?

想着赶紧查一下资料,遗憾的是找不到这方面的数据,于是就死了心。想不到责编K君特意去厚生省的统计信息部要出了数据。

平成四年的情况是,六月出生100783人,数量较多。

而三月出生97330人,略有减少。

其他月份出生者数量没有太大变化,五到十月约十万人,较多,二到四月约九万人,略少。

如果仅限于六月出生者和三月出生者对比,我周围六月出生的有三人,三月出生的只有一人。

原来如此。但这是纯粹的偶然吗?

姑且不说偶然与否,我有时遇到六月出生的朋友,便调侃道:

"也许是你父母一不留神生下了你!"

看到对方愣着,我便说明根由,对方气哼哼地说:

"这事儿与我无关!"

也许他到头来会自觉了不起:"自己是精子最丰富时诞生的,我真是优秀。"

如果勉强地扩大解释,也许会是这样,但也不一定。

有时遇到三月出生的朋友,便怀着敬意说:

"你父母真是拼命努力才生下的你啊。"

我也向他说明根由,当然不能说精子稀少时生下的孩子不行。他露出感动的表情点点头。

顺便说一下,我是十月出生,在母亲胎内成形是一月。

一月的精子是平均数,所以我极其普通,或许是喝了新年的屠苏酒之后……

总之,精子伴随着秋天的降临,显示出非凡的生命力。

对希望早点儿生孩子的人来说,现在是绝佳机会。

当然对于不想跟麻烦事儿有瓜葛的男人来说,是必须节制和注意的季节。

话虽如此,我对男人产精量会随着季节变化而不同感到不可思议。

这或许是远古时期人类跟其他动物一样具有发情期而留下的孑遗。

橡胶的触感

上次写了九月精子旺盛的事儿,妇产科的朋友来电话说,九到十月打胎的人很多。

我猛然联想到:这与九月精子旺盛有关吗?然而打胎的女性朋友们也不是同月怀孕,可能关系不大。

莫如说是女性夏天穿得暴露,年轻伴侣不知不觉中容易擦枪走火,其结果就表现为九、十月打胎多。

这样想也是极其自然的。

然而,打电话的这位朋友说,最近打胎的已婚女性要多于独身女性。

据说现在的年轻女性都很坚持男性只有戴套才许上身。

这当然是好事,但为何已婚女性要比独身女性打胎多呢?

我问得很小声,但他用极其平静的声音说:

说真心话,男人在外面和年轻的女人姑且不说,在家里面对熟悉的妻子,总想方设法摘掉那玩意儿。

由此就会出现计划之外的怀孕,来医院打胎的情况就会增加。

的确,他说的极具现实性。由此看来,不能断言秋天打胎人数增长是因为年轻女性在海岸边或山坳里放浪形骸所导致的。

应该说是夫妻在家里率性而为的结果。

不对,也许是在炎热难耐的夏天,疲倦的丈夫应妻子所求,无可奈何拼命努力的结果。

姑且不论因红杏出墙而打胎的情况,有的贤妻良母也去做流产实在令人心疼。

就目前情况看,好像妇产科医生忧虑的是打胎人数减少了。

为打胎这种不怎么让人高兴的事儿减少而叹息,听起来有些荒唐。但如果这是他们唯一的收入来源,倒可以理解了。

某种程度说,医疗事业的收入建立在人的不幸之上,并由此始终酝酿着矛盾。

先不说这一点。打胎人数减少的主要原因,恐怕就是避孕方法广泛普及,避孕器具价廉易得。

当然,主要是女性的主导力量变强了,安全套伸手可得了,令人谈虎色变的艾滋病也起到了不可低估的作用。

当然,避孕方法形形色色,而安全套是一直以来最简便可靠的工具。

换言之,安全套是避孕办法中永远的"畅销书"。

是谁"写下"的这本"畅销书"呢?

好像是古埃及时代,有人产生了用什么东西裹住男性生殖器的构想，史书上的记载是包上鹿皮或布，目的是预防性病。

十五世纪结束时，法国国王查理八世进攻意大利，恰逢哥伦布等人从美洲大陆带回了梅毒，这种性病很快在法国、意大利等国蔓延。

法国人把这种性病称为"那不勒斯病"，意大利则称为"法国病"，双方互称对方为元凶，互相诽谤。

有这样一个学说：当时为了预防这种可怕的疾病，有个叫康德姆的医师设计了一个圆型纸筒，可套于阴茎之上，于是便产生了"安全套"。

安全套成为现在的这种橡胶制品是十九世纪中叶，好像是英国的汉考克和美国的固特异公司首创的。

安全套要比原先的动物皮、布或纸方便了很多，但还较厚，用起来很费劲。

其后安全套工艺迅速地得到了改良，厚度大幅度下降。目前日本生产的安全套成为世界顶尖。生产这种薄软而精细的东西，日本人无出其右。

从小小的安全套就能看出，我们生活在一个幸福的时代。

避孕方法还有很多种，比如子宫帽、节育环、体外射精、避孕药物等等等等，不一而足。这些方法若与安全套相比，还是会有较大的不确定性或副作用，可以说美中不足。

前几天，有个五十岁左右的女性去世，亲属在火葬场捡遗骨时，看到里面有一个金属节育环，据说直径一寸大小，听来有些惊人。

是没来得及摘掉节育环，自身病情就迅速恶化了呢，还是下定决心这辈子绝不给丈夫生孩子呢？我不得而知。

据说最近美国发明了一种置于女性阴道内部的叫作"女用安全套"的东西。好像这样就会保护女性不想生育的权利。但是一想到男人在宽松的橡胶制品中摩挲，就觉得不伦不类。

这么说吧，在北海道的种畜场，人工提取牛的精液，是在用橡胶制作的母牛生殖器模具上涂满发情期母牛的阴道分泌物，强行套在被绑定的公牛性器上，以此来获取人所要得到的东西，实际上是一种煞风景的商业行为。

以此来愚弄发情的公牛是有点不人道的。也许不久以后在人的世界里，也会出现只认识橡胶感觉的男人吧。

为何最怕法国餐呢?

我本来是个很骄傲的日餐党,但也不是不能吃西餐。

不确定是否可以把我吃的称为正宗西餐。我很喜欢吃牛排,而且经常吃。

最近各地的法国菜馆正在转而经营牛排馆,作为我个人来说,甚是感激。

由此可知,我并不讨厌吃西餐,而是吃西餐时怕吃法国餐。

虽然这么说,但并不是完全排斥法国餐。

很少被人邀请去吃,但有时也不得不陪着别人去吃。

以前去吃的时候,说实话,那是为了照顾女方的口味。

特别是追求女性之时,邀吃法国餐常获得令人满意的效果。

在气氛优雅而浪漫的西餐馆里,手举着葡萄酒杯,脑袋凑在一起窃窃私语,哪怕之前不来电的女人也能够为自己折服,简直不可思议。

为追求女性必须要忍受不好吃的法国餐和昂贵的葡萄酒,心里为此一直耿耿于怀。

如果能顺利地追求到手,日后就不再来这种地方,改吃关东煮或烤鸡肉串,也会去寿司店。

这并不是所谓"不喂钓到的鱼"。

自己并没有这种心态,而是要陪伴钓到的鱼去真正好吃的地方轻松愉快地进餐。

但是很多女性对气氛的喜爱胜于味道,很难理解男人们的本意。

虽然这么说,其实意大利餐吃起来还是不错的。

我特别喜欢意大利面中不油腻的海鲜蛤蜊。

去年秋天,自己连续被人带着去意式西餐馆,逐渐吃出了滋味。特别是最近从办公室所在的涩谷附近发现一家味道很好的意大利餐馆,去的次数就多了。

我之所以对意大利餐敬而远之,是因为和味道比起来,铺面显得太窄,女性顾客太多。本大叔尽量不去这种地方,但是唯有这家店店面宽敞,座椅舒适,隔音也好,听不到邻座的说话声。

某杂志上说希望有人介绍一下"不想告诉别人的店",他们找到我,我先把这家店给删除了。

前几天来这里用餐,边吃边想:"为何常吃意大利餐,不去吃法国餐呢?"

原因大概有两个:

一是意大利餐厅里的气氛舒适,价格相对低廉。

二是意大利餐比法国餐更热一些。

第一点常被人提到,但对于馋嘴食客来说,不是绝对的。

只要味道好,哪怕多少贵点,也想去吃。

关键是第二点,温度与口感都是相当重要的。

与意大利餐相比,法国餐太凉。

披萨不用说,还有意大利面、烩饭、鱼料理等等,意大利餐都是热的。

对于日餐来说,"新鲜度和温度就是生命",还有人加上了"嚼劲"和"外观",但这是针对稍微高级一些的菜而言。

无论什么样的日本餐,新鲜度和温度不达标的就不能吃。

在温度和口感这一点上,日本餐和意大利餐是很相似的。

不只是意大利餐,中餐也多是热的。相形之下,法国餐绝对是凉的多。如果说也有热的,那就是汤,与其说热,不过是微温,喝都不想喝。

日餐的汤都像味噌汤一样热,要用嘴呼呼地吹去部分热气才能喝。吃鱼除了生鱼片是凉的,一般都是烧或煮,上桌是热的。

其实不说日式大餐,就连平常的乌冬面、拉面、牛肉饭等等都是趁热卖给食客。

我的好朋友,东映影音公司总经理渡边亮德先生是非常爱吃西餐的人,从早到晚都吃西餐也不介意。也可以说他一顿饭不吃西餐,心里就不快活。

当然,我很少和他一起用餐。

一般是饭后在某处的酒吧里与他见面。

这样就难得一起享用彼此都觉得可口的饭菜,偶尔一起用餐,一准是在意大利式的西餐馆里。

总之,意大利餐是西餐党和日餐党的妥协点。

就是在意大利餐馆里,也是他吃凉的,我吃热的。

这么说就容易理解他,他是个不吃热东西的所谓"猫舌[①]"。相反我对热食喜爱至极,相对于"猫舌"来说,我是否可以称作"犬舌"呢?

他是个很严重的"猫舌",我曾进一步地询问他平时的饮食,他说在家里喝味噌汤时也要先放进冰箱里冰镇一下。

这冰凉的味噌汤,我死也不愿意喝。我这么对他说,他却逗起威风来:皇室贵族的人都是猫舌!

确实有这么一个说法:高贵人家的走廊很长,套餐送到之后菜就凉了,久而久之,人就成了"猫舌"。

可是,狭小的公寓里也出产猫舌,所以这个说法不可靠。

姑且不追究成因。无论猫舌或犬舌,不,还包括正常的舌头,口味可谓千人千种,不可避免会有不同的菜肴和口味。

这样一来,就不再是哪种菜好吃、哪种菜难吃的问题了,而成了人体生理、特别是口腔黏膜的问题了。

自然而然,法国人或盎格鲁撒克逊人多是猫舌,日本人、中国人、拉美人多是爱吃热东西的犬舌。

[①] "猫舌"在日语中的意思是"不能吃热食的人"。

这样一来,应该呼喊一声"犬舌万岁"!

日餐要吃热的,但是最近日本人中的猫舌似乎在增加,有点令人担心。

口红与橡皮

前几天在某个高级饭庄参加宴会,会后被要求在彩色纸笺上签名。

自己本来不擅长在纸笺上写字,这次既然非写不可,还是要写得好看一点。

一般情况下,我会厌烦有人拿出表面光滑的美术纸笺和万能笔来让我写字。

如果像艺人那样潦草地签一下名字倒还简单。而自己这次被要求题词作文章,需要笔墨在旁。

幸亏高级饭庄备有笔和墨,彩色纸笺也是和式的。于是自己挥毫泼墨,写了两张,写完最后一张时,运笔有点过头,把和服的前襟沾上了墨。

那天穿的是较素雅的金褐色绉绸的和服单衣,前襟处能明显看到指肚那么大的黑墨点。

看见墨渍沾上身,我想按上湿毛巾擦拭,又怕冒冒失失地摆弄,反倒把污渍弄大。

正当犹豫之时,被斜对面的K夫人看到了,她对女招待说:

"不是有米饭吗?赶紧拿点来,弄碎放在污渍上!"

这是个五十岁左右的相当有名的夫人,之前一直待在那个座位上,不愧是老成历练。

"也许弄不彻底,至少可以变淡一些。"

我一边向夫人致谢,一边想起了"老妇人有大智慧"这个说法。

也许将正处妙龄的夫人与老太太相联系不太合适,但是有一定年纪的女性已从长年的生活中得到了些许的智慧,积累了丰富的经验。

从这之后,我跟周围的妇人们学会了很多生活小窍门。

衣服上洒了酒且留下污渍时,可对准有污渍的部分,喷上香烟的烟雾。

咖啡或红茶的污渍用水洗净后,再用苏打水擦。牛奶或鸡蛋的污渍,用水洗一下就完全掉了。去除血渍可以涂上萝卜泥,然后再清洗。

可以说是事事灵验,果然是"老妇人有大智慧"。

妇人们懂这么多,令人佩服。但仔细一想,也是理所应当:这个年纪的人当婆婆的居多,之前也被传授过相应的生活智慧。

在这些生活智慧中,最有价值的是清理口红渍。

小学生用的橡皮就管用。

说实话,这一点以前完全不知道。

也许能早点知道就好了,男人预先掌握这个会方便很多。

教给我这些窍门的M夫人是从她婆婆那里听说的,还是在与夫君的多次较量中领会到的呢?

燃起兴趣的我想早点回到家,做一下试验。

试验是把口红擦到白色的手绢上,用橡皮揩几下,看能否清除掉。

结果是揩掉了一些,不能完全去除。看来不能急急忙忙地揩拭,应当等口红完全干了,搓一下就行。

用这种方法,橡皮会因粘有口红而变红,细心点儿的人会把橡皮上的口红也清除掉。

只要记住这一点,略有点儿口红的痕迹也不用很担心。

我把这个方法告诉了某个男人,他对自己的太太讲起,太太又教给他更好的办法。

除去衣服上的口红渍可以用橡皮,但是用黄油更好。只要把黄油薄薄地涂在口红渍上揉一揉,再敷上浸了酒精的布轻轻地拍打,痕迹基本上就会完全消失。

原来如此,做到这种地步,能实现完美"犯罪"了吧。

那天晚上吃饭,我的衣襟上一直粘着饭粒。

不知情的人看到,可能会认为我是个多么邋遢的大叔,但是为了去掉污渍,没有别的办法。

上完最后一道菜,别人劝我再吃点米饭,喝点红味噌汤,被我婉言谢绝了。

胸襟粘着饭粒吃米饭,总有点不正常。

自己没要米饭,要了抹茶荞麦面,又要了水果。快要散席的时候,我用手拂掉了粘在胸襟上的米粒。

痕迹消失了吗?

怀着观赏魔术般的期待去掉了米粒,结果遗憾得很,墨渍只是稍微变淡了一点。

据 K 夫人说,如果米粒揉搓得好,墨渍还能再淡一些。

不管怎样,还是有必要把和服送到洗衣店去,让去污专家给清除掉。

这并不是老妇人的智慧不管用。这种小智慧应用于临时救急,还是有一定效果的。

特别是用橡皮揩口红,用萝卜泥去血迹,还是牢记为好。

只要掌握这两点,偶尔风流一下也不那么害怕了。

只是萝卜泥有点不适合临场应用,总不能带着萝卜泥去幽会吧。

如果带橡皮,就很简单。出门时,悄悄地放进口袋就行。

但是,如果被对此早有洞察的夫人们看到,反而会惹祸上身。

空空如也的风景

我因有事来到了稚内①。

现在仍是九月上旬,本想说是往北边来逃避秋热,但好像有点过于往北了。

时钟指向早晨八点,外面的气温摄氏十六度。天空覆盖着厚厚的云层,海面上灰蒙蒙的一大片,被雨打湿的岸边码头上停靠着一艘去往利尻的轮船。

不愧是日本最北端,当东京的气温仍然持续近三十度时,这里的气温却只有这个数字的一半,舒适宜人。

实际上,工作已在昨天做完,原打算今天去利尻岛。

根据之前的计划,早晨由稚内乘小型飞机去利尻岛,在岛上驱车绕行一周后,再乘机返回,然后乘傍晚的班机去札幌。

据说飞机到岛上大约二十分钟,很快,是架可乘坐十五六人的小

---

①地名,位于北海道北端,是宗谷分厅所在地。

飞机,如果天气进一步恶化,也许就不飞了。

如果乘机不行,可改乘船。单程需要近一个半小时,从乘船的往返时间看,赶不上去札幌的班机。

这样一来好不容易上了岛,却可能被困在岛子上。

再说天空灰蒙蒙的,能见度太低,即使绕岛一周,也不能眺望远景,也许只是在雨中行车。

考虑到这样的情况,最后便打消了去利尻岛的念头。

当地的人抱歉地说:"好不容易来一趟,太遗憾啦。"其实原因在我,是自己的时间不合适。

头一天乘坐午间的班机从东京直飞到稚内,当日把工作做完,次日早晨去利尻绕岛一周,然后乘坐傍晚的班机到札幌,再由札幌乘机回东京——这个计划的本身就经不住推敲。

的确,只看航班时刻表,计划是有可能实现的。

但时刻表终归是时刻表,现实中会出现各种差错和意外。

按照时刻表推算行程,也就是在推理小说中能实现。

特别是北国的秋天,天气阴晴无常,极易变化,不能有丝毫的疏忽大意。

平时碰不到这样的情况,自己长年居住在城市里,已经习惯了城市的规律。

今天的雨和云,好像是特意给习惯了方便和安逸的我一个教训。

由此猛然想起了自己三十几年前在利尻岛上开诊所的事儿。自己当时是大学医院的医师,听说道厅①要在利尻岛上开设诊所,一直在招募医师。

然而,我们的伙伴中没有一个人去报名。

听到这种情况,道厅的高官感叹道:

"现在的医生完全没有一点人道主义。只知执着于城市,对偏僻地区不理不睬。"

这么说我们倒也不冤,但我们不是别人想的那样。

其实,我们也有去偏远地区为那里的人们治病的愿望。

只是当时的岛上虽然有轮渡与北海道通航,但很少,而且船很小,从十月到来年四月间天气极度寒冷,轮渡停运半年甚至更久,成为与世隔绝的孤岛。也许正因为如此,岛上才需要医生,如果医生去了,得益的是岛上的人们。

这么说,会有人问:"有谁不得益呢?"回答是:去岛上的医生。

似乎还会反问:那怎么啦? 当然,医生去了,会使岛上的人们放心。但是作为医生的我们,心头的顾虑却不会打消。

比方说岛上的人得了盲肠炎(阑尾炎),我们可以做手术救治,而医生得了盲肠炎,谁给做手术救治呢?

大家不想在遥远的孤岛上被盲肠炎这类疾病折磨而死。

这是我们不愿去利尻岛的最大理由,对于这种情况,硬是把人道主义拿来要求我们,坦率地说我们很难答应。

---

①即北海道政府。

道厅那位高官听到这种情况,便问我们:"那派两个医生去就可以了吧?"

当时我与一个内科医生在场,我们没有马上同意。。

现在利尻岛的医疗体系已经健全,交通手段也得到极大改善,隆冬时节也不再成为孤岛,与当年相比,已不可同日而语。

这次在稚内打消了去利尻的念头,决定用多余的时间看看稚内周边的景况。但出租车司机却屡次三番地说:"这儿什么也没有啊!"

真的是这样吗?

他似乎是说没有都市里的高楼大厦、闹市区和游乐场,然而有无数美景都可以取代这些东西。

比方说,有一望无际的辽阔天空,也有厚实而诡谲的滚滚层云。都市里哪有这样宏伟和震撼的景象。

而且这里一棵树也没有,萧索的山冈上只长有低矮的灌木般的杂草。

这一带气温低,风力大,树木基本上不生长,容易让人想起"呼啸山庄"。

都市里哪有这般寂寞荒凉的风景。

去到海边一看,水里有失事的船只,岸边有倒塌的值班小房,还有倒闭了的水产加工厂等,这样难得一见的景观在哪儿也找不到。

九月会下秋雨的鄂霍茨克海一望无际,在已经废弃的去往库页岛的北侧防潮堤上,观潮的圆顶楼已成为黑色的废墟。

这些勾起人无限遐想的风景,无论去东京还是京都,都寻觅不到。

"这不是有很多可看的地方吗?"

我这么一说,司机便略带歉意地推荐道:

"如果去稚内公园,还有'冰雪之门''百年纪念塔''北方纪念馆'可以逛逛。"

那些地方固然不错,但空空如也的地方也令人向往。

北方的波斯菊

九月十五、十六日两天,"庸医会"在札幌郊外的瑞典山举办每年例行的北海道之旅。

我这么说,可能有的人搞不懂是什么意思。

所以我在此解释一下,所谓的"庸医会",是我的文学责编们的集体聚会。

关于这个名字的由来,以前曾多次说过:因为我曾做过医师,责编们才起了这样的名字。起初我对这个名字不满,可叫来叫去就适应了,不好再换了。

这个大会的成员每年都到我的别墅所在地——当别町的瑞典山聚集,或享受高尔夫,或游览北海道。

顺便说一下,所谓的瑞典山,是用瑞典的进口木材在接近石狩湾的丘陵地带所建造的寒地住宅群,因住宅较密集,形成了北欧风格的街区,才被这样称呼。

宾客们这次也是散居在宾馆客房或别墅里,不停地吃北海道的应季海鲜,畅饮啤酒,喝到晚上很晚。

这种形式的北海道旅行,起初是为了在别墅旁打两天的高尔夫。

不用说,第一天是按"差点"[①]顺序分组比赛,第二天按余数[②]从差到好的顺序开赛。总之,是两日制,最终日的分组仿效职业高尔夫球比赛,颇像那么回事儿。

但是参加者当中有人不打高尔夫,便组成了所谓的"非高尔夫组"。

这些人只能在札幌或石狩附近观光旅游,欣赏大好河山。因为打高尔夫的人多,头天晚上举行宴会时,他们只能当配角。

而且也不像高尔夫组那样还发奖品,相对冷清一点。

因而决定从今年集会起,让非高尔夫组开俳句会,并给佳作发奖。

本次俳句的题目是"波斯菊、秋樱"。

也许是因为别墅院子里的秋樱开得烂漫,担任干事的S君才这么命题的。

可能有不少人对俳句不感兴趣,是被迫写作,所以效果不是太好。

但是,相比于作品好坏,创作这件事本身更有意义,重在参与。

每个人从所有作品中按"天、地、人"的顺序选出个心中前三名,鄙人的选择如下:

[①]高尔夫术语,即球手在标准难度下完成一轮比赛所用杆数与标准杆的差值。
[②]高尔夫术语,即完成一次比赛的总杆数减去前面的差点所得。

人：啮痕历历在，犹似大朵波斯菊，夜长人缠绵。

地：已婚女子兮，为何厚颜不知耻，烂漫如秋樱。

天：莫道相别离，人去楼空独叹息，寂寥似秋樱。

评选完之后接着说明理由，结果遭到了一些人的批评。

先说"人"这首，尽管缺少文学韵味，但把波斯菊比喻为偷情的咬痕，才思艳丽，出人意料。

"痕"也就是"痕迹"，用来暗喻那些肆无忌惮的"人"。

其次是"地"这篇，将波斯菊的可爱与已婚女子的肆无忌惮对比，畅快淋漓，仿佛创作者平时就在为已婚女子的无所顾忌而烦恼，体现了中年男人的深重心情。

最后的"天"这首俳句写得很大胆，富有紧迫感，可能是自己喜欢的女人跑掉了。

在过去的日子里，自己曾再三告诫自己"那样的女人不可要，死了心吧"，但是每当看到波斯菊时，就痛苦地回想起往事来。

有人批评说这一首有歌谣腔，但它也相应地具有真实感，饱含着对失恋的同情，有"天"的悲悯之心。

与我同座的藤堂志津子所选的"天"是下面一句：

列车突驶来，风驰电掣奔前方，秋樱悠悠荡。

瑞典住宅区总经理富田洋一先生所评的则是：

空港之远端,战机密布跑道旁,波斯菊盛开。

两位的眼光确实精准,所选的两句都很到位,对比十分巧妙。
我仔细看了一下,感觉有点专业的套路,技巧有些过于明显。
对了,这两首俳句出自于同一个人。
当然,在众多作品中亦有相当拙劣之作,比如:

可怜波斯菊,不许沥沥撒小便,野犬休胡来。

原稿多可爱,神工鬼斧巧构思,足胜波斯菊。

确实是令人看不下去。
但不能明说出来,以免浇灭他们难得的创作热情。
与其说他们迈出了俳句创作的第一步,莫如说他们是在写川柳①。
如果不问优劣的话,下面这句也难以舍弃。

折断秋樱枝,心中戚戚泪千行,情窦初开日。

这显然是女性的作品,应当珍惜这种率真的诗心。
这是第一次举办俳句会,大家都有点迷茫,也许多来几次就会诞生出震撼文坛的杰作。

---

①一种诙谐短诗。

干事 S 君敦促说：从下次起，不仅要评论，还要投稿！

这次的俳句会，也触动了高尔夫组的神经，他们也要参加和投稿，这下非高尔夫组好像干劲更足了。

有人建议下次增设短歌①和诗歌的创作比赛。

看到大家这次的作品，众人都燃起了创作的热情，恐怕这就是本次俳句会的最大收获。

---

①和歌的一种体裁，由五、七、五、七、七五句三十一个音组成。

疑问的肯定

最近在流行一种怪异的说话方式。

就是一句完整的话中要夹杂几处轻微的疑问语气。

比方如下所述:

"《源氏物语》嘛,我不太喜欢。因为女人们都只是干等。正房葵姬(?)①,她本人也好,紫姬②也好,都只是等待源氏的到来。虽然结了婚却是走婚(?),因为不住在一起,我认为那个时代对男人更方便(?),可以肆意风流。"

加点的词就是有问题之处,发音时,会轻轻地抬高词尾,改成疑问语气。

但是这种疑问的语气不那么重,讲话的人十有八九认为自己说得无误。在这个意义上,可以说是半肯定的疑问。

---

① 《源氏物语》女主人公之一,也写为"葵之上"。
② 《源氏物语》女主人公之一,也写为"紫之上"。

这种说话方式是从何时开始流行的呢？

根据我的记忆，大约始于五年以前，特别是近一两年，经常萦绕耳边。

就性别而言，绝对是女性用的多，年龄上偏年轻一些，但也不是很年轻，应为三十岁上下，以正在积极工作的职业女性为多。

当然，这方面没有准确地统计过，也许有些误差。

总之，这种语言表达有些奇妙，令人感到不可思议。语法上不用说，作为一般的会话也无恰当和准确可言。

听到这种怪异的表达方式，我想起了过去被前辈教过的英语表达。

他说假如以"威士忌"这个词为例，就可以构成肯定、疑问、命令三种表达形式。

一般说"威士忌"，就是"这是威士忌"；如果抬高尾音，就是"这是威士忌吗？"的意思；如果强有力地说，就是"把威士忌拿来！"的意思。

与其考虑"This is……"或者"Is this……"这些麻烦事，莫如改变词尾的声调要简单得多。

前面所举的例子与这其中的疑问形很相似。

不说"可能是葵姬吧"，而是像说"葵姬？"这样抬高词尾就行。

在这个意义上，这种说法可以说是疑问的省略形。

话虽如此，为何开始流行这样的说话方式呢？

其中一个理由可以认为是词语的快捷化。

本来要说"可能是葵姬吧",而只说"葵姬?"就行,语句相对短。

如果多用这种形式,让肯定和疑问形交叉出现,语速就能加快。

在第一线工作的职业女性多用这种说法,以追求语速,节省时间,原因倒可以理解。

不过,本来应该用疑问形说,现仅凭重音敷衍,如果换个角度看,可以说是语言表达的怠慢化。

另外一种可能是与对方共鸣的意识。

前面曾说过,这种说法的特征,形式上是疑问形,但其中却包含着相当的肯定部分。

说着"葵姬?",基本上认为肯定是葵姬,而且还想征求对方同意。

当然,听这话的人只会点头说"嗯、嗯"。

从这一点考虑,这种说法与其说是"疑问性的肯定",莫如说是"疑问性的征求"更为妥当。

但是还有这样一种意见:要是认为对方与自己的想法相同的话,那就不用改成疑问形。

我认为这种说法基本没错,可以说是还略微欠缺自信时所用的"自信丧失之语"。

当然,这种说话方式不能对上司用。一些年轻的女性跟关系亲密的人交谈时常用到,似乎可以说是女性们通用的"撒娇之语"。

如果把前述所有这种说话方式流行的原因归纳成一句话,那就是"加速性、疑问性……要求同意性、自信丧失性撒娇之语"。

看起来有些不可思议,这当中充分体现了"现代"作为一个时代的特征。

语言依然可以是表现时代的一面镜子。

可是最近一段时间,好像在年轻的男人们中间也开始流行这种语言了。

打比方说,

"跟我睡一晚?想要那个?"

照此一看,可以说这是用疑问形掩饰自己的意愿,自甘堕落又不想担责的"免责之语"。

偶尔也要"装傻充愣"

前几天在大阪住了一宿,好不容易在下午空出一点儿时间。

到哪儿去看看呢?大阪城和道顿堀等有特色的地方基本上都看过,应该没有更好玩的地方了。

如果是在京都,可去的地方很多,这儿可不行。心里这样想着,迈步离开旅馆,乘上了出租车。看到西边的天空被彩云染得通红,遂决定驱车去大阪港。

"夕阳这么漂亮,想去看看大海……"

我跟司机一说,司机歪着头思索了一下,面带困惑地回答说:

"看大海可不好办啊。"

他解释后,我才明白:港口周围尽是仓库和施工场地,阻隔着人的视线,乘车找眺望大海的地方好像很难。

"干脆就去海游馆行吗?"

自己一下子没明白是去哪儿,原来他是问可否去那座海游馆。据说位于西边天保山的一角有一座新建的超大型水族馆,是很受年轻人推崇的地方。

"从那里也能看到大海。"

自己心想去哪儿都成,只要能看到夕阳余晖照耀的大海就行,便按照建议去了海游馆。

不去考虑怎么游览,漫无目标地四处乱看,往往会遇到意想不到的景色。

在海游馆也是如此。

从铺满石板的海游馆广场上,可以眺望大阪港附近的海域,被落日染红的海面上波光粼粼。海域被周围的大楼、仓库和高速公路所环绕,可以说是机械遍布、晚霞满天的壮丽海景。

海景不错,水族馆也非常出色,蔚为壮观。

特别是庞大的中央水槽,好像有世界最大级别的蓄水量,深度达到九米,水清澈至极,能从上看到底。

鱼的种类数量也很丰富,千姿百态的鱼成群结队地游来游去,尤其引人注目的是比两个人还大的巨型鲨鱼。

感觉这就是海中帝王,成群的小鱼在它的鳍或脊附近伴游,或是骑游在上方,成队群游,很有气势。

不过这种巨鲨只有一条,看着很孤单。

这个水族馆的有趣之处是在水很深的地方,可以透过玻璃从底部看到上方正在游荡的鱼群。

任何事物都有正反两面,看鱼也一样。我从下面往上瞅,见一条大鳐像团扇一样地晃悠着游了过来。

　　这是个很大的家伙,菱形的侧边让人觉得至少有一米,它拖着长矛般的尾巴,从我的眼前游过,可清晰地看到腹部的嘴和鼻孔。

　　我被它的气势所吸引,仔细端详着其奇特的外貌。突然,耳畔传来了尖锐的女高音。

　　"哎呀,'鳐'是一种鱼吗?"

　　我不由得回头看了看,原来是个二十岁上下的天真可爱的女孩在喊叫。

　　她的眼睛睁得大大的,两手按在胸前,一副着实惊讶的表情。

　　我不由得等着听下文,然而她没再说话。

　　她身旁站着一个年轻的男孩,应该是她的男朋友,两个人都在默默地观赏游鱼。真是遗憾。

　　当听到"'鳐'是一种鱼吗?"的问话时,为何想要倾听下文呢?是因为自己想起了"装傻充愣"这个词来。

　　说到这儿,也许有人不了解"装傻充愣"的由来,在此大概地讲解一下……

　　以前,有个女演员去参加外景拍摄,大家一起吃饭时,饭店给上了鱼糕。

　　那个女演员看到了,便朝大伙嚷道:

　　"哎呀,'鱼糕'是鱼吗?我还以为它正在板上游泳呢!"

　　从那以后,大家便用"装傻充愣"来形容明知故问和装模作样,特别针对那些深谙男女之道却假装未经世故的女性。

顺便说一下,这位装傻充愣的女演员就是昭和五年[1]由神户步入影坛,活跃在新兴电影厂和日活公司[2]的山路文子女士。

山路女士当时是假装可爱的孩子呢,还是真的不知道鱼糕为何物,现在已经无法查证。

就凭当时那句话,就会令人想起当红女演员装模作样的样子,不禁哑然失笑。

现在一说某人装傻充愣,就给人留下那种明知故问的负面印象,但其实也没有那么糟糕。

假如是女人,有时装可爱也没什么不好。

当然这种情况,必须要在可爱中带有优雅,才能不让人反感。

要达到这种境界,演起来比想象中难。如果一通乱演,就会被人视为真的无知或愚蠢。

"装傻充愣"的微妙之处在于,乍一看脑子很笨,其实因为想法大胆,反而给对方以错觉。

打比方说,去山中游览湖泊,女孩问道:

"这儿没有鲷鱼或比目鱼吗?"

"淡水怎么会有嘛。"

如果男人一句话就让她沉默下来,那只是像个普通的傻女孩,如

---

[1] 即公历1930年。
[2] 日本最古老的电影公司的简称,全称为"日本活动写真株式会社"。

果女孩再用娇嫩的声音继续问:

"那金鱼呢?"

因为男人被问了个冷不防,便答不上来。

这种再还击式的追问,才是"装傻充愣"的妙趣之所在。

最近,年轻的女孩也如一般人所想的那样,在爽快地说话。这倒不孬,但偶尔也可以有这种可爱而有特色的女孩。

如今是时候让"装傻充愣"重新回归了,有这种特质的女性如果能多一点,会令男人感到紧张,相互之间的对话也变得开心。

虽说如此,如果"装傻充愣"过了头,把"鲸鱼"叫成"哥斯拉",到这种地步,便容易被人察觉,产生被欺骗的感觉,就要严加注意了。

便宜餐馆之所见

前几天，我进了所谓的大众餐馆用餐。

餐馆门口挂有一块写着"牛排950日元"的招牌，而且好像其他的菜也很便宜。

大概可以把这种餐馆称为"家常餐馆"吧。

这里地处涩谷的繁华街道，客人中一大半是年轻人，也有不少携家带口前来就餐的人。

我从以前就想进去看看。

原因是这家店恰好位于我办公室所在大楼的下面。

近处有这么一家店，难免有好奇心，更进一步说，自己很想证实一下这儿的廉价，并且品尝其味道究竟如何。

尽管近在咫尺，却一直没有进店，原因是店门口聚集的大部分是年轻人，像我这样的大叔进店，会引起人们的好奇心：你来干什么？

可能年轻人不喜欢进上年纪的人常聚集的店，反过来，上年纪的人也不愿进年轻人聚集的店。

因此我望而却步。前几天,偶尔来讨论工作的女编辑向我发出邀请:"一起去看看吗?"

独自去会感到不安,有人陪伴就不会了。我终于放下顾虑,进了那家店。

现在再提起这样的事儿,也许会被人笑话,但这家店的食品价格的确跟招牌上写的一样,便宜而实惠。

牛排不用说,成套的色拉和面包,一份才四百五十日元,令人欣喜。

这么便宜的东西,味道会怎么样呢?品尝了一下,觉得不差,岂止不差,应该说是相当好吃。

更让人称道的是,店里相当整洁,店员也年轻而精干。

可能他们是严格按照操作指南行事,如果真是这样,那说明了他们的训练有素。

去色拉自助柜取料时,见周围年轻人多,有点不好意思。然而,好像自己越是介意,他们就越不关心。

总之,这家店如此廉价和美味,自然会受年轻人欢迎。

我非常理解,同时也有感到困惑之处。

那就是来店里的年轻人,特别是女孩儿的服装,让我不敢恭维。

与其说是不好,莫如说是很脏。

我斜对过坐着六个大学生模样的人,其中三个是女生,看打扮有些过分。

一个穿着满是皱褶的T恤衫和卡其色的裤子,另一个穿着又肥又大的T恤衫和翘臀的牛仔裤,还有一个穿着衬衣样式的上衣,拖拖拉拉,下身则是皱皱巴巴的短裤。

而且发型"各有千秋",一个头顶盘着个"鸟巢",一个留着平常的披肩发,还有一个可能是流行式样,头发在耳朵附近揉成团,像蒙奇奇一样。瞧瞧脚下,则如同商定了一般,都穿着后跟很高、看样很重的皮鞋。

这三个人相貌都不差,但整体没有一点女人的气质,用常用词来形容就是脏乱差。

与她们相比,倒是小伙子们装束整洁,穿戴讲究,五官也端正。

总体上看,男人干净利落,女人邋遢不整。

这种现象在其他桌位上大致相似,都是女孩儿有点脏兮兮的。

而且有的女孩去色拉自助柜取料,手里拿着小碗,脚下迈着大步,胸前晃动着,一边胡乱地夹蔬菜,一边哈哈大笑。

日本的年轻女性从何时起变得这样脏乱粗俗了呢?

面对这样的场景,让人感到惊讶、愕然和同情,亦没有了胃口。

也觉得跟她们待在一起的男人可悲和可怜。

我的办公室居于涩谷公园大街,这条街上,有很多走在流行最前沿的年轻人。

十年来,我几乎每天都往返于这条街,经常看到讲究穿戴且品味高雅的年轻女子,感觉这些女孩有点与众不同。

然而,这只是其中极少一部分。人行走在街道上,往往侧目于漂亮性感的时尚女郎,忽视相貌平平、装束普通的绝大多数青年。由于报刊杂志上经常介绍这条街上的流行时尚,导致了从外地来的很多年轻人对时尚的盲目追求。

话虽如此,在这家餐馆见到的女孩装束就有点太过分。

说白了,就是男女不分。

当然,现在社会上好像在否定"男人味"或"女人味"。尽管男人和女人生而平等,都有追求时尚和幸福的权利,但也用不着弄得那么脏乱。

不是沉缅过去,但看起来,大叔们的青春时代还不错。

当年的人们虽然贫穷,但女性要比现在穿得整洁,打扮得更优雅。

据说近年来,年轻的人群崇尚无性关系。如果面对那么脏乱的女孩,自然连拥抱的欲望也不会有。

我说到这儿,同行的女编辑说道:

"这些女孩儿去上班的时候,也许会打扮得很漂亮。"

这么说,现在是大学生便怎么样都无所谓吗?

难道她们不跟同学年的男孩打交道吗?

写到这里,我才意识到自己又不去跟这种女人结婚,怎么样都无所谓,只是那副脏兮兮的样子让我不太舒服。

对"富裕指数"的疑问

最理想的生活：在富山居住，在东京工作。

这是最近经济企划厅公布的"新国民生活指数"显示的结论，是根据每个都道府县的统计调查而得出的。

这一指标是对"居住""工作"等八个领域参考一百五十九个指标量化出来的东西，又叫做"富裕指数(PLI)"。

其中，在"居住"方面是将住房拥有率、房租、房价和年收入等指标综合计算，得出的结论是富山最适宜居住，其后依次是鸟取、福井、秋田等地。不适宜居住的，首推东京，接下来是福冈、大阪等地。

而在"工作"方面，主要从产业发展前景、实际薪酬高低、有效求人倍率等方面考量，结论是在东京工作最好，接下来依次是石川、德岛、长野。

在"娱乐"方面，从卡拉OK包厢数、体育设施等指标考量，东京第一，接下来是富山、长野、北海道。

从生活便利角度看，富山最宜于生活，而东京最不宜居。

本想首肯,又有些怀疑:这是真的吗?

用数值表示宜于居住生活这类抽象的标准,似乎并不容易,这些数据也容易招人误解。

假如是比较家庭用品或食品等物价的平均值,要说哪个县最便宜,哪个县最贵,比较清楚。

然而,是否宜于居住是人的一种感受,往往因人而异,是不能够简单下结论的。

特别是这项指标拘泥于房价或房租等经济层面,缺乏对精神层面的关怀。

即使在土地便宜、房价低廉的地方,如果与周围人的关系不和谐,可能就没有宜居的感受吧。

比方说,某地公寓的租金是东京的三分之一,而周围尽是嘴碎的大婶,居住者感到自己的一举一动都被注视着,就难以说是宜居。

如果一个人从日常行动到衣着装束,进而连生活方式都被人监视着,就会感到憋闷和烦躁。

遇到这种情况,这人就会想换一处房租贵一点、无人打扰的地方去居住。

可能也有人认为:嘴多少碎一点没关系,只要左邻右舍关系亲密,互相能够理解就住得下去。

这方面的感觉更是因人而异,难以认定孰好孰坏。

也许这项指标应删除掉,或者干脆不要把这弄成什么"富裕指数",直接标明房租或带土地房屋的平均价格会更通俗易懂。

其实东京是个宜于居住的好地方,并不是因为自己居住在这儿才这样说。

有人嫌东京的土地或房租贵,的确如此。仅看这一点,确实让部分人有着难以承受之重。

然而土地或房租贵,并非为贵而贵,也有相当多的好处。

比方说,从图书馆、美术馆、博物馆到电影院、戏剧场、歌舞伎町,从音乐会到文化展览或艺术表演等,各种文娱活动应有尽有,想看随时可以去看。

不仅限于文化方面,职业棒球、足球、排球等球类以及田径、棋类等国际性体育大赛也频繁举行。

考虑到仅支付一点交通费就能去参加或观赏这些活动,就觉得即使东京的房租贵一点,也能够值回它的价格。

当然,对于既不喜欢外出也对文体活动漠不关心的人来说,东京确实是个物价昂贵、不宜居住的城市。

然而,对于年轻人或求知欲、好奇心旺盛的人来说,东京是个具有强大吸引力的城市。

由于东京地域太大,居住在这块地盘上的人也有着很大的自由空间。

居住在同一栋公寓里的人,见了面只是微微地点点头,不再深入交往。

即使隔壁的小姐超过三十岁还是独身,或者谁家丈夫失业在家,或者哪家妻子花枝招展、红杏出墙,也没有人说三道四。

对赞赏或向往都市生活的人来说,这是不可多得的自由而宜居的好地方,即使房租贵一点,也是值得的。

有人说城市的人冷漠,住在城市里孤独,其实如果远离喧嚣的都市,交通与信息不畅通,偏居一隅而门可罗雀,也许更加令人感到寂寞。

现在和过去一样,年轻人不愿意从东京返回地方,是因为城市里伴随着精神的自由,也充满了邪恶。

人只要活着,就少不了要吸收和排泄。

即使嘴上说得再好听,一个人的身上都有善恶两面,需要有个地方把它们都倾泄出来。

以前有个地方的知事呼吁流向东京的年轻人回归:还是回到绿树成荫、环境优雅的故乡为好!故乡物美价廉,方便生活。但年轻人可能不愿意因为这些原因而回归吧。

年轻人所要追求的,不是花红草绿和空气清新。哪怕住在狭小而破旧的房间里,呼吸污浊的空气,只要充满刺激、自由和未知,他们便会爱上这座魔鬼之都。

对于年轻人或有创意的人来说,居民全部按照完全相同价值观行事的地方是难以生存的。

要把年轻人召回地方去,比廉价的住房和优美的环境更加重要的是,当地要有与东京接近的精神自由,能容纳社会的弃儿和曾经的恶人,没有包容力的地方已经很难吸引年轻人了。

然而,现在这个凡事原则第一的保守的时代,很难存在这样的城市。所以年轻人还是不会轻易回到地方上,这也是无可奈何的事。反正经济企划厅要花钱调研,可否对此做一下调查:哪个县对人最宽容,最适合百无一用者生活呢?

开店涌入的客人

现在,东京的百货商店几乎全是上午十点钟开门。那个时间的百货商店是一种什么景象呢?

在此向尚不了解的人做一下介绍:店员们一般是十点以前到店,检查各自的陈列橱柜,确认商品数量,尔后由售货负责人集中训话,提醒当日的注意事项。临到开门时间,在入口处站成一大排或两大排,以笑脸迎接进店的客人。

不用说,百货商店的店员基本上都是女性。

这些美女们排列在入口两侧,齐声高喊:"欢迎光临!"即使是再大条的男人也会因此而惊慌失措。

客人能在这不长的时间内,真实地感受到"顾客是上帝"的承诺,无论谁都觉得自己成了上帝。

这是百货商店开门的一般场景。涌进大门的顾客绝大部分也是女性。然而最近好像最近出现了一点明显的变化。

变化不是发生在商店内部,而是发生在客人一方。

以前商店开门时，涌入的主要是没工作的所谓家庭主妇，除此以外都是年幼的小孩儿以及逃学的学生。

可是最近这一客户群正在发生变化，一下子涌入店门的大多是六十至七十岁的老年男性。

这是怎么一回事儿呢？

无需赘言，这些六十到七十来岁的老年男性，基本上是退休之后赋闲在家，工作生涯告一段落的人。应该说他们是获得了自由呢，还是失去了工作呢？总之，他们大多是闲来无事者。

每逢开门，这些老男人便急不可待地涌进百货商店，挤得那些主妇影子都找不到了。

如果我是大学教授，想出这么一道考试题：

"根据我介绍的上述情况，请写出两千字以内的感想。"

只要是想象力丰富的学生，就能由此及彼，从看似平常的现象里，揭示出的日本社会问题。

不言而喻，百货商店开店时高龄男性蜂拥而入，标志着这些人过了退休年龄依然健康。

他们吃完早餐无处可去，觉得无聊透顶，不知该如何消磨时间，故不约而同到商店一逛。

可能有人认为，他们健康而清闲，应该做点开心而有意义的事情。

比方说，为了保持年轻去体育馆，跑跑步，打打高尔夫球或钓钓鱼。

还可以通过读书、围棋、象棋、园艺来消遣。

当然,从早晨就去百货商店的人也不耽误做这类事情。

然而体育活动应持之以恒,如果从年轻时不养成习惯,就很难坚持下来。打高尔夫和钓鱼会需要很多钱,围棋和象棋需要对手,园艺活动如果在城市的公寓里搞,恐怕是不可能的。

长年在企业工作的男性们,缺少与陌生人一起消遣的主动性,与同事结伴或单独行动的情况比较多。

对这样的男性来说,结伴或独行都爱去整洁和新鲜的地方,也许百货商店是最好的去处。

话虽如此,早早奔赴百货商店,急不可待地等着开门,接二连三地蜂拥而入,确实令人替他们感到不堪。

没有任何购物需求,用不着如此这般地光顾百货商店。

瞄准十点出门,可能是保留着长年去公司上班的习惯,或者是为了让左邻右舍看着像还在工作,要不就是在家里受到慢待,必须要及早出门。

曾经的企业精英现在老了,变成了大件废品,在没有多少顾客的百货商店里闲逛。

他们经济上不宽裕,基本上不买东西。如果在地下的食品出售处有试餐或试饮,一定会豁出面子去领一份。

可能是因为最近这类顾客增加过多,试餐或试饮明显减少了,但现在发自内心用笑脸迎接这种客人的地方也只有百货商店了。

百货商店里聚集的姑娘们,只要面对商品,做出要买的样子,售货员就会与其热情地攀谈,停留几个小时也不会被催促说快点回家。

正是百货公司成了老龄男性所处社会荒漠中的一片绿洲。

不过说实话,这种情况也有点令人心酸。

如果不在百货商店里徘徊,有别的方式度过晚年吗?

这不只是政策问题和福利问题,而且还与围绕老人的家庭心理问题相关联,解决起来很艰难。

我把上述情况告诉了在某医院从事接待工作的女士,她说:

"现在的老太太们和那些退休男性差不多,但她们不是去百货商店,而是来医院。"

我猜可能她们是因为上了年纪身体会有各种毛病吧。

我这么一说,她不赞同,说来医院的人基本是为消磨时间。

因此会在候诊室听到这样的对话:

"最近A女士没来,怎么回事儿?"

"没来医院,是不是身体有什么毛病?"

就这番对话,我也想做成试题考大家:

"请根据这番对话,论述你对现代医疗制度的思考。"

秋色各异

周末,我从东京飞到了奈良。

去奈良是为了到北葛城郡的一个叫新庄町的地方讲演。

原先去过几次奈良,但这是首次去到奈良盆地的西南部这一带。

从大阪乘车去需要五十分钟,打开地图看,新庄町位于与南河内交界处的山脚下。

途中可见圣德太子庙所在的太子町和二上山,这两个地方在古代史上赫赫有名。这一带是二上山的西麓,成为飞鸟川的河谷,是昔日连接河内到大和的国道,因为山岗的名字叫竹内,也被称为竹内街道。

新庄在从这里略微往南的地方,是个令人联想到古老时代的幽静城市。微阴的天空下,西边的金刚山层峦叠嶂,红花绿树交相争艳。

道路两旁种植着水稻和菊花,菊花约有五六十厘米高,浓绿的叶子与金黄色的稻穗形成鲜明的对比,一起为田野增添着艳丽的色彩。在休耕的地段,大棵的波斯菊簇生在一起,沐浴着秋日,轻轻地摇曳。

大河路的秋天确实平静而清逸,时不时地从远处的校园里传来孩子们嬉笑的声音。

想不到来这里讲演,会碰到这种预想不到的景致。

了解到当麻寺离得不远,归途中顺便去看了一下。

这个寺院是推古天皇时(612年)创建的,因有当麻曼陀罗等国宝而闻名,其正殿、讲经堂等建筑气势恢宏,动人心魄。

摄影家入江泰吉先生好像就出生在这个城市附近。当地牙科医师协会的椿木先生将入江先生拍摄当麻寺巨幅照片时的选景地指给我看。

怪不得,一站在那里,就能看到掩映在树丛中的白色石壁和寺塔,看上去好像是被左前方绵延的金刚山山脊所环抱。

大和路现在正值秋天。

秋天的大和路明亮、静逸,让人觉得懒洋洋的。

之后我又从奈良经京都、东京飞到带广。

时间相差仅一天,入目的景色大相径庭。

到达带广时,天空晴朗,气温是二十一度,稍微有点偏低,但是没有风,据当地人说是少有的好天气。

到了北海道总觉得天高地阔。

哪里的天空都很辽阔,但总感觉北海道的天空特别地辽阔,可能是没有任何遮挡物的缘故。

高楼大厦不用说,山川也少得可怜。出机场可极目远眺,东方的日高山脉依稀可见,因太过辽远,只能看到小小的山峦远在地平面的尽头。

当然,天空越是辽阔,云朵越显得壮丽。

在明亮的阳光下,它不停地翻滚,变幻出千奇百怪的形状,不禁让人浮想联翩,将烦恼和焦躁抛却脑后。

往市区去,国道两侧宽阔的旱田被切成若干正方形的小块,分植着浓绿色的甜菜和低矮而羸弱的晚播小麦。已经收割完的牧草地上局部裸露着乌黑的土壤,稀稀落落地分布着盖有塑料苫布的枯草堆。

平坦的土地尽头连绵着更加平坦的大地,个别地方能看到不成林的落叶松。

秋色已经很深,尚未掉落的针叶偎依在一起,黄得发亮。

行道树多是槲树和白桦,槲树仍保留着棕色的大叶子。

之前曾看到过隆冬暴风雪肆虐,树叶拼命紧抓枝桠不松手,与大树一起摇曳的情景,这叶子是很难掉落的。

可以说是顽强,也可以说是执著,似乎看到了人老脸丢尽的样子,感到有点难过。

晚上有闲暇,故去了距日高山脉很近的清水町。这町名没取阿伊努语的发音,在北海道是少有的。据说是因为流经本町的河水清澈丰盈,才起了这个名字。

回到带广后,与田村书店店主夫妇和大学时代就是知心朋友的森末医师共进晚餐。

菜肴中包含了毛蟹、鳕场蟹和盐渍鲑鱼子。

自己在内心打起了小算盘:这顿饭要是在东京吃,会需要多少钱呢?

饭后剩下了大量的鳕场蟹,感觉丢弃有点太浪费,便请人装进了塑料袋。

然后转了两家酒吧,一路拎着塑料袋与之同行,很晚才回到旅馆,已没有了吃的气力。

便让人保存在冰箱里,第二天早晨也没吃,最后就搁置在了旅馆里。

这就叫"眼宽肚窄"。

第二天,天气也晴朗。

在晴朗的天空下,可见近处的山岗被枫叶染得通红。

这里秋色正浓,但是再怎么浓烈也不同于大河路的秋天。

十胜的秋天,即使艳阳高照,也是冷飕飕的。天空与其说是青空,莫如说是苍天。

尽管树林与山岗被枫叶染得通红,但总觉得有点苍凉之感,似乎有一种潜藏着死亡和毁灭的哀伤。

带广的秋后将经历为期半年滴水成冰的严寒,而奈良的冬日暖阳将持续悬挂于明朗的天空。当下的季节差异也许为两地不一样的冬天埋下了伏笔。

北国的原野、山峦和城市,都处于死一般的静寂之中。

两人结伴来这里观赏如此寂寞的秋色倒也不坏。

比如长年生活在一起,热情逐渐消沉的情侣可以携手并肩来赏秋。

看到寂寞而荒凉的秋景,会让人想要彼此相互依偎,旧情复燃吗?

去过这种地方,回来如果想要分道扬镳就很难了吧。

无人接听的电话

五月底妈妈辞世,至今已过去了五个月。

妈妈生前住在札幌,但她死后我一直没减少去札幌的次数。今年夏天因参加讲演和开会,总共去了二十天左右。

妈妈虽然不在了,但札幌依然是故乡,有老朋友和亲戚在,不会断绝缘分。

然而,虽说都是回札幌,妈妈在世与否,感觉大不相同。

说不清楚是哪些方面,但不同是确确实实存在的。

与其说以前,莫如说妈妈还在世时,自己到了千岁机场,就一定往家中打电话。

首先报告一声:"我现在到札幌啦!"妈妈一定会追问道:

"什么时候来家呢?"

妈妈是问顺便回到家中的时间,我一般是下飞机后直接去讲演会场或旅馆。

"今晚去不了,明天早晨回去。"

"今晚不行吗?"

"有很多事儿啊。明天早晨可以吧?"

"几点?"

"……八点左右吧。"

"来几个人?"

"就我自己。"

"就你一个人,八点对吧!"

妈妈叮问人数,是为了预先准备新鲜生鱼片和我喜欢吃的煮菜或咸菜。

自己很开心,但也感觉有点麻烦。

特别是飞机晚点时,可用时间已经不多,不能说个没完。

只想简单报告一声"我已到了",但是妈妈总想进一步地攀谈。

"现在要去哪儿?"

"马上在旅馆开碰头会。"

"身体没有毛病吗?"

"没事儿。"

"本间的大叔你知道吧,他前几天倒下了。"

妈妈好像不知道我在电话这头着急,或者说她从一开始就没留意时间。

"现在要赶紧去开会,过后再听您说。"

好不容易才挂断电话,然后长舒一口气。

到此为止,千岁机场的告知仪式才算结束了。

妈妈死后,就不可能再打这样的电话了。

我在千岁机场下了飞机,可以径直走向乘车处。

然而,长年养成的习惯不会那么轻易地改变。

最近也是,我在千岁下了飞机,等意识到无需打电话时,已经站在了电话机前。

于是就拿起话筒来,对自己说:

不用再打电话了。

此时此刻,又重新意识到妈妈已经不在了。

想到没有再打电话的必要了,丧母的悲伤便又涌了上来。

想不到,妈妈在世时我感到最麻烦的事情现在却最令人怀念。

一般去札幌,我住在旅馆里,去老家的妈妈那里常是在早晨这段时间。

晚上常与各种各样的人会餐,没时间回家,且家里有一个保姆,晚上很晚回去会给她增添麻烦,不合适。

何况有时夜间起来洗澡,或写稿子,还是住旅馆方便些。

因此,我一般在时间比较自由的上午回家去吃饭,有时也觉得麻烦。

倘若一直在旅馆里,可以径直去餐厅用餐,如果想更省事,可以打电话叫人把饭送到房间里。

想要回家吃早饭的话,为节省时间,必须要特意花大约一千日元乘出租车往回赶。

当然,自己家的早餐要比旅馆的丰盛,但是时间太早,胃口未打开,不是多么能吃。

如果量大剩得多,妈妈就会担心:"哪儿不舒服啦?"

因为我曾邀同行的编辑一起回家吃过饭,所以妈妈才问起吃早餐的人数。

妈妈是个什么饭都多做些,且喜欢让人尽量多吃的人。

也许这样妈妈会在心理上得到满足,但被让的人却往往吃不消。特别是工作到黎明而发困时,或者是没有食欲时,就懒得回家吃早饭。

有时去得稍微晚一会儿,妈妈就会打电话催道:"还不来吗?"

躺在旅馆的床上,欲再睡一会儿的时候,想到妈妈已把家乡美食摆在餐桌上等候,就不得不快快起身。

没错,这是一种负担,曾经想过:如果没有妈妈,那该多轻松啊!

现在无论在旅馆睡到几点,也听不到妈妈的催促了。

妈妈已经不在了,用不着再去跑一趟了。

自己多少松了一口气,潜意识里却在等待妈妈的电话。

前几天曾在梦中接到了妈妈的电话,醒来后,无意中按了按枕边的电话按钮——5616074。

这个电话号码最初确定时,局号是两位数,没有第三位的"1",妈妈开玩笑说:"流氓不正经[①],号码像你啊!"

[①]电话号码的发音正好与"流氓不正经"发音接近

现在老家从晚到早都没有人,就是打电话也无人接听。

明知这样,还是呼叫了出去,依然没有妈妈的声音,只有呼出的拨叫声响个不停。

后记

这是"风云系列"丛书的第四册,曾于一九九三年七月至一九九四年十月以连载形式登载于《现代周刊》。

说点儿相关的私事,去年五月末,我的妈妈在札幌去世了。

从那时起,很快就过了一年多,其间有几次去札幌,每次都觉得妈妈还在世,从而拿起电话机来,有时更是忍不住拨通电话,反馈回来的只有拨叫声在响个不停,让我重新意识到妈妈已辞世远去。

时过境迁,现在自己不会再打电话了,但时常怀念与老家的妈妈通电话的情景。

老家那房子也旧了,今年秋天将易于他人之手,这条电话线路也即将被取消。

岁月不停地流逝,故乡、故乡的人和我自己也都在发生变化。

我想:如果把飞逝的时间像用大头针别住一般地固定下来,那该多好啊!我一边这样思考,一边编纂着这册随笔集。

渡边淳一

一九九五年七月三十日

图书在版编目（CIP）数据

口红与橡皮 /（日）渡边淳一著；时卫国译. — 青岛：青岛出版社, 2020.7
ISBN 978-7-5552-9211-1

Ⅰ. ①口… Ⅱ. ①渡… ②时… Ⅲ. ①随笔 – 作品集 – 日本 – 现代 Ⅳ. ①I313.65

中国版本图书馆CIP数据核字(2020)第087296号

風のように・返事のない電話 by 渡辺淳一
Copyrights：© 1995 by 渡辺淳一
This edition arranged through OH INTERNATIONAL CO. LTD.
Simplified Chinese edition copyrights：© 2020 by Qingdao Publishing House Co., Ltd.
All rights reserved.
简体中文版通过渡边淳一继承人经由OH INTERNATIONAL株式会社授权出版
山东省版权局著作权合同登记号　图字：15-2017-237号

书　　名	风云系列：口红与橡皮
著　　者	[日]渡边淳一
译　　者	时卫国
出版发行	青岛出版社
社　　址	青岛市海尔路182号（266061）
本社网址	http://www.qdpub.com
邮购电话	13335059110　（0532）68068026
策　　划	刘　咏　杨成舜
责任编辑	杨松霖
封面设计	末末美书
照　　排	青岛乐喜力科技发展有限公司
印　　刷	青岛新华印刷有限公司
出版日期	2020年7月第1版　2020年7月第1次印刷
开　　本	32开（890mm×1240mm）
印　　张	6.75
字　　数	80千
书　　号	ISBN 978-7-5552-9211-1
定　　价	35.00元

编校印装质量、盗版监督服务电话：4006532017　0532-68068638
本书建议陈列类别：日本·畅销·随笔